AF234117

Le Chevalier de Kéramour

PAUL FÉVAL

LE CHEVALIER DE KÉRAMOUR

SEULE ÉDITION REVUE ET CORRIGÉE

ALBIN MICHEL, ÉDITEUR

PARIS — 22, RUE HUYGHENS, 22 — PARIS

Le Chevalier de Kéramour

I

MA GRAND'TANTE. — MA COUSINE VIVETTE. — MON ONCLE LE BIHAN

Je suis né le 21 mars 1751, au manoir de Pendor, dans la paroisse de Guidel, en Bretagne. Mon père était de bonne maison et ma mère demoiselle. J'étais tout petit quand je les perdis.

J'avais quatre ans quand notre joli manoir de Pendor fut vendu. Le bois de grands vieux hêtres qui ombrage la route de Lorient à Quimperlé m'a bien souvent fait peine à regarder, du temps que j'allais à l'école du presbytère; mes camarades me disaient :

— C'était à toi autrefois, Keramour, tous les nids et toutes les noisettes qui sont là dedans.

Et moi je répondais, car l'orgueil est de tous les âges :

— Nous avions aussi le grand château de Keramour, avec ses quatre étangs et sa forêt, qui a trois lieues de large; et nous avions bien d'autres choses encore, que je rachèterai quand j'aurai fait fortune.

J'ajoute tout de suite que ce beau château de Keramour avait abandonné ma famille depuis bien longtemps.

Lors de ma naissance, il appartenait déjà au vieux Merlin, qui n'était pas l'enchanteur de ce nom.

Voici comment la noble demeure de mes ancêtres était tombée aux pattes de ce vilain :

A la fin du dernier règne, la branche aînée de Keramour n'était représentée que par une quenouille : demoiselle Armelle-Ermengarde-Guillemette Riban de Loc-Talahoutrec, dame de Faoux, de Tréguéhéneuc et Keramour-en-Béhaigne.

On sait que chez nous, dans l'évêché de Vannes, la coutume de Bretagne, au contraire de la loi française, permet aux femmes de succéder à tous biens, même aux fiefs de lance. Et nous passons pour moins galants que les Français !

Demoiselle Armelle tenait donc légitimement le patrimoine entier de la famille, que son économie arrondissait d'année en année; et mon grand'père, qui était alors un jeune homme, voyait la chose sans déplaisir, car il était l'héritier unique de la bonne fille. Elle allait sur les quarante-neuf ans, et ne voyait personne que son chapelain. Elle était d'ailleurs un peu bossue, très boiteuse, et borgne d'un œil et demi.

Vous allez voir que ce n'était pas assez.

Dans la maison de Keramour, nous avons tous, les messieurs et les dames, un tempérament porté vers la sensibilité. Demoiselle Armelle avait été jusqu'alors une farouche exception à la règle générale. Dans sa jeunesse, vingt partis s'étaient présentés, malgré sa bosse et ses imperfections physiques : elle les avait tous refusés; mais le jour de sa cinquantième année, ayant offert un petit régal à son chapelain, elle eut dans la nuit un chagrin digestif, qui nécessita l'appel d'un médecin.

Le médecin se trouvait être un jeune homme blond, doux de visage et obligeant de manières. Non seulement il fit à ma grand'tante l'ordonnance voulue en pareil cas, mais il poussa le dévouement jusqu'à l'exécuter lui-même. Il avait nom le docteur Merlin.

Cupidon n'a pas l'habitude de choisir pour cachette l'instrument vulgaire auquel je risque ici une timide allusion; mais une fois n'est pas coutume. Cette nuit, le petit dieu s'y était embusqué par hasard : car demoiselle Armelle fut piquée au cœur, et six semaines après elle s'appelait Mme Merlin.

Une fille naquit de cette union disproportionnée, chétive créature dont la naissance coûta la vie à ma tante Armelle. Voilà donc mon grand-père évincé, et ce Diafoirus, le docteur Merlin, maître du domaine de Keramour.

Mon grand-père ne perdit pas cependant toute espérance. La petite était mal venue et n'avait que le souffle. Pendant vingt-cinq ans, chaque semaine, elle manqua, pour le moins trois fois, de trépasser. Mon grand-père envoyait, de deux jours l'un, savoir de ses nouvelles fidèlement.

La dernière fois qu'il envoya, la pauvre fille était morte, à vingt-cinq ans et douze heures. Elle avait eu le droit et le temps de tester en faveur de son père, aux termes de cette même coutume de Bretagne, recueil de graves sornettes qui semble avoir été compilé pour marier les demoiselles hors d'âge et dépouiller les beaux garçons.

Aussi n'y a-t-il point dans l'univers entier un pays où les vieilles demoiselles soient plus épousées et, par conséquent, plus battues. Chaque demi-lieue carrée nourrit au moins un Breton qui pourrait dire « maman » quand il parle à sa femme.

On se demandera peut-être quel est le sort des jeunes et jolies filles dans une pareille contrée. C'est bien simple. Les jeunes filles épousent les veufs des vieilles femmes, quand ceux-ci ont perdu leurs dents et blanchi leurs cheveux à tuer « maman ». C'est alors une autre diablerie, et « maman » est vengée.

Mon oncle et tuteur, M. Le Bihan de Polduc, m'avait raconté, plutôt cent fois qu'une, cette lamentable histoire de tante Armelle et de son mariage. Vous pensez que je n'aimais pas beaucoup le docteur Merlin, qui vivait encore parce qu'il avait eu l'esprit de rester veuf.

C'était un vilain vieillard, bien conservé, sec et vert, qui tenait le haut bout à la grand'messe. Il avait savonné sa roture au sceau du roi et se faisait appeler M. de Tréguéhéneuc, du nom d'une de nos anciennes tenances. Les gentilshommes du voisinage piquaient l'assiette chez lui, tout en lui tirant la langue par derrière. Depuis quarante ans que tante Armelle était morte, il avait arrondi le domaine, achetant tout ce qui était à vendre; tout, même notre joli manoir de Pendor. Il était riche comme le marquis de Carabas.

A dix lieues à la ronde, mon oncle Le Bihan était le seul qui eût son franc-parler avec lui.

Voilà un vrai Breton, mon oncle Le Bihan ! court, trapu, large, solide sur ses jambes noueuses, rouge de figure, la barbe rude comme une étrille, buvant dur, mangeant fort, ne se séparant pas plus de sa pique que de son nez, grand chasseur, brave pêcheur, et parlant dans l'oreille des gens avec une voix qui éclatait comme le tonnerre. Quand il contait une gaudriole après souper, Vivette se glissait dehors, et les verres grinçaient, ainsi que les vitres.

Vivette — Mlle Viviane — entamait ses seize ans quand j'atteignis ma vingt et unième année. Elle était brune, avec des clairs de couleur fauve dans la miraculeuse abondance de ses cheveux toujours en révolte contre le ruban rouge qui les nouait à la diable. Jamais je ne lui ai vu ni ombrelle ni chapeau quand elle courait les champs dans le soleil; mais le soleil ne pouvait rien contre le satin doré de sa joue. Son sourire éclairait comme un rayon quand il montrait ses dents de neige. Sa voix chantait mieux que le rire des fauvettes. Elle était jolie, mais jolie ! Et je me souviens que mon cœur me faisait mal quand par hasard (cela n'arrivait pas souvent) la rêverie jetait un voile sur les joyeux diamants de sa prunelle.

Au moral, elle était brave, franche et bonne. Son éducation n'avait pas été négligée : elle savait épeler « dans le gros » et pétrir des biscuits comme le pâtissier n'en pouvait point faire.

Elle parlait trois langues : le français assez bien, le bas breton joliment, et le *gallo* comme un ange.

Le gallo est le patois des paysans de l'autre côté de Lorient; il est favorable à la poésie, exemple :

> Si j'aviomme un p'tit coutiau,
> J'te couperiomme au chantiau,
> Ma mignonnaille, un'beurrée;
> Si j'seriom'le p'ti ouaisiau
> Qui gosille ès bout d'la prée,
> J'voleriomme à la vêprée
> Becquer ton mignon musiau.

Nous nous aimions, Vivette et moi, longtemps avant de le savoir. Nous le savions depuis que mon oncle Le

Bihan nous l'avait dit, en ajoutant de sa voix qu'on entendait jusqu'à Hennebont :

— Eh bien ! calotte à papa ! Kéramour, si tu la prends avec ma bénédiction pour dot, je te les flanquerai toutes deux, mon bonhomme !

Ce fut marché conclu. A partir de ce jour-là, nous allions et nous venions ensemble, Vivette et moi, libres comme l'air : un vrai petit mari avec sa petite femme..

C'était un bien brave homme que mon oncle. Il s'habillait un peu comme les paysans; mais il clouait des éperons à ses sabots quand il allait en campagne, et il portait l'épée par-dessus sa veste de futaine. Ce qu'il se mettait de cidre dans le corps passerait croyance. Le vieux Merlin, qui n'était pas bon, disait qu'il avait sous chaque talon un pertuis par où le cidre s'en allait.

Mon oncle était un fin dégustateur, et reconnaissait les diverses provenances du jus de pommes, comme un gourmet de Guyenne sait distinguer les crus du bordeaux.

Joson, le « toucheur » de bœufs, qui faisait le lit de mon oncle dès qu'il avait fini de faire l'étable, lui apportait à son réveil une écuelle de cidre, ou mieux une soupière jaugeant quatre pintes. Le bonhomme ne faisait son signe de croix qu'après l'avoir mise à sec.

Outre Joson, nous avions cinq autres serviteurs et six servantes : les douze coûtaient par an vingt-quatre écus de six livres et vingt-quatre paires de sabots.

Je vais vous dire tout de suite pourquoi mon oncle Le Bihan dépensait tant d'argent à tenir ce grand état de maison. Il était de race royale, tout uniment. Le Bihan est Polduc, comme il l'expliquait lui-même; Polduc est Rohan, et Rohan est Bretagne.

Aussi avait-il un canton d'hermines dans son écusson

d'argent, portant trois *goretons* de sable, avec cette devise : « Bihan ! bihan ! bihan !

Pour les malheureux qui ne savent pas parler le bas breton, j'expliquerai que *bihan* veut dire *petit*, et que ce cri : Petit, petit, petit ! sert de cloche pour appeler chez nous les goretons ou petits pourceaux au réfectoire.

A tous les repas, mon oncle et tuteur prenait la peine de réciter en latin ce qu'il savait du bénédicité et des grâces, ajoutant chaque fois invariablement :

— Je remplace aujourd'hui M. l'abbé, mon chapelain qui se trouve être par hasard en vacances.

Je ne sais à quelle époque M. l'abbé était parti pour ses vacances, mais on ne les vit jamais finir.

En outre de ce refrain, il y avait une autre cérémonie également périodique et encore plus importante. Deux fois par jour, après le déjeuner et après le dîner, mon oncle Le Bihan se levait et tirait son épée en disant :

— Au nom de mon seigneur Dieu et du droit des gens, je proteste. La duchesse Anne était une coquine, les Français sont des saligauds. Moi, Corentin-Yon-Judic-Marie Le Bihan de Polduc-Rohan-Bretagne, j'interromps la prescription pour m'asseoir, moi ou mes héritiers, quand l'opportunité y sera, sur le trône de mes ancêtres ! Qu'on se le dise à Quimper et à Paris ! Amen !

Vivette et moi, nous n'avions jamais la permission de nous envoler avant l'accomplissement de cette revendication solennelle.

Par une belle matinée de printemps, le quatorzième jour du mois de mai, en l'an 1772, M. Le Bihan, qui remplaçait la cloche aussi volontiers que le chapelain, cria par la fenêtre de sa chambre :

— A la soupe, enfants ! à la soupe !

Vivette et moi nous arrivâmes. Dans la cuisine, servant

aussi de la salle à manger, quoique la vache y eût sa litiére dans un petit coin (et c'était de beaucoup le mieux tenu), mon oncle et M. Merlin, sire de Tréguénébeuc, étaient attablés déjà. M. Merlin pouvait avoir alors soixante-quinze ans bien sonnés. Il s'habillait avec une certaine recherche. Ses vêtements de couleurs tendres faisaient ressortir les rides parcheminées de son vieux visage. Vivette, qui le détestait, se moquait à la journée de ses quatre montres, qu'il portait deux dans chaque gousset.

Il y avait sur la nappe, dans une terrine de faïence brune, un cochon de lait rôti, que les deux convives attaquaient avec une égale énergie. Tous deux poursuivaient une conversation commencée, et nous pûmes bien voir, Vivette et moi, qu'il s'agissait d'une pièce de bétail que M. Merlin voulait acheter et que mon oncle répugnait à vendre.

Je crus que c'était la génisse de l'année, au premier abord; Vivette penchait pour la pouline, qu'on n'avait pas encore ferrée.

Petite jument ou petite vache, l'objet du marché avait son prix, car on se débattait ferme.

— Voisin Merlin, disait M. Le Bihan, dont le langage ne péchait jamais par un excès de vaine délicatesse, je ne voudrais pas vous mécontenter un jour où vous mangez ma viande; mais quand on lave ses mains, c'est qu'on ne les a pas propres; et, ma foi ! le sceau du roi n'est bon que pour lessiver une vilenie. Est-ce vrai, Joson?

— Tout de même, répondit le valet de chambre des bœufs, je ne mens point : sauf le respect qu'on lui doit, M. Merlin est sorti de la racaille.

— Comme quoi ! reprit mon oncle, videz donc votre écuelle, voisin, calotte à papa ! Je dis ça au lieu de jurer, parce que, quand il avait soif, papa tirait sa calotte de cuir et buvait dedans. J'en ai fait autant plus d'une fois dans mes sabots, A la guerre comme à la guerre, pas vrai? Tout est bon pour boire, excepté les tasses d'or quand on y met de l'eau. Et ne vous vantez pas de vos rentes, voisin! Votre défunte femme, la bossue, était plus coquine encore que Mme Anne de Bretagne, qui m'a volé ma couronne. Je descends du roi Grallon, chien d'Anglais ! Je dis ça au lieu de jurer, à cause d'un goddam qui m'acheta mon chien galeux, que je voulais noyer. Tant mieux s'il a gagné la gale ! Les Anglais ne valent pas mieux que les Normands. Contez l'histoire du vieux Legall, voisin : elle est drôle, et je veux l'apprendre pour la redire.

— Voyons ! voyons ! fit M. Merlin, qui dévorait consciencieusement, je mettrai un jambon dans le marché et quatre poules de plus : des grasses.

— Je veux d'abord l'histoire, toutes les nièces sont rousses ! Je dis ça au lieu de jurer, à cause du recteur de Kérantrech, qui avait sept nièces, dont la moins roussaude aurait allumé le soleil ponant. L'histoire !

— Et nous finirons le marché après?

— Peut-être, si vous êtes raisonnable. La petite bêtaille vaut son prix.

M. Merlin conta l'histoire du vieux Legall, qui est devenue une légende, mais qui était alors une nouveauté. Elle datait du dernier dimanche, et l'on n'avait pas encore retrouvé le corps du pendu.

Le vieux Legall était chantre de la paroisse de Guidel; il avait le même culte que mon oncle à l'endroit du cidre, mais il ne le portait pas si bien, et souvent il chantait les vêpres étant, comme on dit là-bas, « chaud-deboire ».

Or, M. le recteur (curé) de Guidel avait un neveu qui poussait pour être d'église et qui savait un bout de latin. Il louchait des deux yeux, le méchant singe, et le vieux Legall avait eu le malheur de l'appeler une fois Grippe-Soleil. Le neveu dit : « Je te revaudrai ça. »

Le nom de Grippe-Soleil le coiffait si bien qu'il lui resta.

Voilà donc que, le dernier dimanche de mai, il y avait grandes vêpres à la paroisse de Guidel. Outre le recteur et ses deux vicaires, on voyait aux stalles une chape de Ploemeur et un camail de Lorient. Legall, qui avait son plein de bon cidre, se surpassait lui-même et dégoisait les psaumes comme un loriot. Les cinq messieurs prêtres le suivaient cahin-caha.

Un peu avant le *Magnificat*, le neveu Grippe-Soleil tira Legall par la manche et lui dit :

— Attention ! n'oublie pas le nouveau verset, bonhomme !

— Quel verset?

— Celui que Mgr l'évêque de Vannes, ce matin, a fait tout exprès pour nos messieurs prêtres de Guidel. Tiens le voici; regarde : on y parle du presbytère.

Et le vilain singe lui passa un carré de parchemin enluminé aux armes de monseigneur l'évêque.

— Et où met-on ce verset-là? demanda le chantre sans défiance.

— En tête. Marche ! Voilà le serpent qui commence.

Le bonhomme Legall, heureux de faire honneur à ses patrons, couvrit le serpent de sa plus belle voix et chanta en tonnerre :

« *Quinque sunt presbyteri Gudellis — qui nesciunt intonare — tonum quintum.* »

M. le recteur se leva tout debout dans sa stalle; les

deux vicaires, la chape et le camail l'imitèrent. Le vieux Legall, fier d'un tel résultat, leur envoya un sourire modeste et remercia tout bas Grippe-Soleil.

Vêpres finies, le bonhomme n'eût rien de plus pressé que d'aller à la sacristie recevoir son dû de compliments.

— Maraud ! lui dirent en chœur les cinq messieurs prêtres, nous savons notre plain-chant mieux que toi.

Et M. le recteur ajouta :

— Je te chasse.

— Qu'ai-je donc fait? qu'ai-je donc fait? s'écria le malheureux Legall.

— Tu nous as chanté en latin, misérable, sacrilège et blasphémateur : « Ils sont cinq messieurs prêtres à Guidel, et pas un ne sait entonner le cinquième ton ! »

— Alors, dit le bonhomme, je suis déshonoré : je vais aller me pendre.

Il avait gagné, tout courant, la forêt de Keramour, et personne ne l'avait vu depuis lors, pas même le malin singe de neveu, qui furetait partout dans la futaie pour avoir un brin de la corde.

— Calotte à papa ! s'écria mon oncle quand l'histoire fut finie, elle est drôle, elle est drôle !... *Quinque sunt...* Vous m'apprendrez le verset... Nous disons donc que vous donnez pour la petite bêtaille cinq cents écus, la paire de jeunes bœufs, le clos Huant, les douze jambons, les sept sommes de blé noir et les quatorze poulettes.

— Cui, répondit M. Merlin la bouche pleine; acceptez-vous?

Vivette et moi nous nous regardions avec de grands yeux.

En voilà une petite bêtaille qui était chère !

— Mettez cinq fûts de fort cidre par-dessus le marché, dit mon oncle, et l'affaire est faite.

— Cinq fûts !

— Non, six... voyons, sept !

— Tope ! repartit M. Merlin avec précipitation, car il voyait venir le huitième.

— Tope ! répéta mon oncle. Le Païen qui s'en dédit !

Ils continuèrent de manger paisiblement.

Après le dîner, M. Merlin s'en alla.

— Vivette, dit mon oncle, va voir dans ta chambre si j'y suis.

Et quand nous fûmes seuls tous deux, mon oncle reprit :

— Toi, tu as envie de savoir, pas vrai ? Eh bien ! je ne veux pas te faire languir : la petite bêtaille du marché, c'est Vivette. Je viens de faire sa fortune et son bonheur.

II

LES JURONS DE MON ONCLE

A cette déclaration de mon oncle Le Bihan, je restai positivement atterré.

— Et toi, reprit-il, mon gaillard, tu vas aller faire ton tour de France. Ah ! ah ! toutes les nièces sont rousses, ventrebleu ! mais c'est égal, on en rencontre encore des brunes et des blondes derrière les haies. Tu vas t'en donner, chevalier, attends voir un peu !

Il se leva en sursaut, car il avait oublié les grâces, et il récita dévotement la formule :

— Je remplace aujourd'hui monsieur mon chapelain, qui se trouve être par hasard en vacances.

Après quoi il dégaina pour protester contre l'indélicatesse de la duchesse Anne et interrompre ainsi la prescription, qui, sans cela, lui eût mangé petit à petit ses droits à la couronne de Bretagne.

— La treizième barrique ! s'écria-t-il en se rasseyant, tu as l'air d'un saint de bois, toi !

Le fait est que je ne trouvai aucune parole pour exprimer ma surprise désespérée.

— Sais-tu, reprit mon oncle, pourquoi je jure la treizième barrique? C'est à cause de la bonne femme.

Il ôta son bonnet d'un air bourru, mais avec respect.

Dans les manoirs bretons, la « bonne femme », c'est la mère.

— C'était en 42, poursuivit-il : l'année était mauvaise, et madame ma maman tenait le domaine, parce que j'étais encore en minorité. Il n'y avait pas de pommes dans le pays; mais notre clos Dréo, celui qui donne le meilleur cidre, avait fourni quatorze barriques. Madame ma maman avait voulu en faire de l'argent; et un matin je vis arriver dans la cour des marchands de Lorient avec leurs charrettes.

J'avais pensé à cela toute la sainte nuit. Laisser partir tant de bon cidre ! Et l'idée que d'autres le boiraient me donnait la fièvre de misère. Je me mis à la fenêtre. Madame ma maman avait vendu douze barriques et la treizième pour le remplissage. On était en train de la charger. Je pris mon fusil et je la mis en perce par le milieu du premier coup.

— Que faites-vous, Monsieur Le Bihan? me cria la bonne femme, voyant que je rechargeais mon fusil.

— Madame ma maman, répondis-je, les douze autres vont y passer, chien d'Anglais !

— Déchargez ! déchargez ! cria-t-elle aux marchands : voici mon petit gars qui est devenu homme !

Comme ça, culotte à papa ! la treizième barrique sauva tout le reste.

Louis XIV, sur ses vieux jours, racontant comment il avait saisi les rênes du char de l'État, devait avoir un peu l'air de mon oncle Le Bihan narrant cette anecdote caractéristique.

Pendant qu'il parlait, je me retrouvais un peu moi-même.

— Mais, mon oncle, lui dis-je, Vivette n'est pas une petite bêtaille, et il n'est pas permis de vendre ses enfants !

— Trois péchés mortels ! s'écria-t-il ; et ce juron-là, c'est l'histoire de mon mariage. Je te la dirai une autre fois. Comme la jeunesse est raisonneuse ! Veux-tu parier avec moi que le monde ne durera plus bien longtemps, chevalier ?

— Mais enfin, repartis-je, vous êtes gentilhomme : un gentilhomme n'a qu'une parole, et vous m'aviez promis Vivette, si je la prenais sans dot.

Mon oncle Le Bihan se gratta le bout du nez, qu'il avait rouge et pompeusement bourgeonné.

— Tu as raison, chevalier, me répondit-il. Malheureusement pour toi, je n'ai que ma parole. Si j'avais autre chose que ma parole, chien d'Anglais ! Je serais capable de la tenir ! Et sais-tu ? L'Anglais guérit mon chien galeux que je lui avait vendu. Il fit dessus un bénéfice... deux bénéfices ! car son Anglaise prit la maladie en caressant le chien ; il épousa la maîtresse de la poste, qui partit avec un douanier. *Quinque sunt...* et le reste ! Voilà qui m'épargnera plus d'une fois le péché de jurer. De compte fait, l'Anglais eut trois bénéfices, et il cassa la tête du douanier, ce qui donne quatre. Je t'avais promis Vivette, et je te la donnerai, si tu as les cinq cents écus, la paire de jeunes bœufs, le clos Huant, dont les pommes sont si bonnes, les douze jambons, les sept sommes de blé noir et les sept fûts de cidre. Je te fais grâce des quatorze poulettes.

— Je ne sais pas ce que j'ai, murmurai-je ; mais vous le savez, vous, puisque vous êtes mon tuteur. Je vous donnerai tout ce que j'ai.

— Oui bien, je le sais, chevalier, toutes les nièces sont rousses ! Ta majorité va sonner, mon ami. Prends le registre qui est là-bas avec le lard, dans le saloir : nous allons nous amuser nous deux à régler mes comptes de tutelle.

J'eus beaucoup de peine à distinguer le registre des morceaux de lard. Toutes les choses graisseuses qui étaient dans la huche se ressemblaient horriblement. Je rapportai enfin un vieux bouquin qui eût fait aisément douze marmitées de soupe; et mon oncle, avant de l'ouvrir, le caressa de deux mains.

— Vois-tu, chevalier, me dit-il, je n'ai jamais battu ma femme. Aussi elle est morte jeune. Un camouflet fait vingt-huit chopines ! Fais-moi penser à t'expliquer ce juron-là. Et ne vaut-il pas mieux se soulager ainsi que de profaner le saint nom de Dieu? Mon papa buvait encore mieux que moi. Il avait humé les deux tiers du domaine avant que j'aie seulement séché ma première écuéllée. J'ai mis vingt-cinq ans à riboter le restant, et je dis qu'il a fallu de l'économie ! Je n'ai plus rien que ma soif : ainsi, que je te redoive ou non, c'est à peu près la même chose... Tiens, mon gars, voici la page où ton papa coucha son testament. Lis-moi ça : je n'ai pas mes lunettes.

Il me tendait le registre ouvert.

Il faut vous dire que ce respectable livre, malgré sa vétusté, ne contenait pas beaucoup de pages écrites. Il commençait à la date de l'an 1694, par les stipulations matrimoniales du grand-père et de la grand'mère de mon oncle Le Bihan; puis venait une recette pour confire la sardine; puis le texte d'une oraison latine, propre à éloigner le tonnerre; puis encore un cantique familier, commençant ainsi :

> Bergère
> Légère,
> Gardez-vous de glisser
> Quand vous dansez sur la fougère...

Çà et là on rencontrait quelques additions, des reçus, des mentions de vente; des images pieuses, collées avec de la mie de pain; des dates de décès, de naissances et de mariages.

Il y avait une page qui disait : « Année 1748, deux éclipses, grand'marée de septembre qui démolit la douane de Lorient, mort de la vieille mère et des quatre bœufs. Baptême de la grosse cloche. Trop de pommes : on manquera de fûts. »

Et une autre qui relatait la façon dans le cœur de mon oncle avait parlé pour la première fois : « 1er octobre 1739. Ai poussé jusque chez M. de Guerhouzou pour goûter son cidre de garde. Bon, mais dur; j'entends le cidre. La demoiselle Vincente en a bu une chopine de plus que moi. Seize ans, une brouettée d'appas. Ai voulu druger (jouer), m'a cogné. L'ai demandée au bonhomme en mariage. Accordé. M'a recogné d'amitié dans la cuisine (3 octobre). Ventrebleu ! quelle poigne elle a ! »

A la lecture de ce memento, on comprenait vaguement pourquoi mon oncle n'avait jamais battu ma tante.

Ce que mon oncle appelait le testament de mon père, était ainsi :

« Je soussigné, Antoine-Gaston Le Bihan, chevalier de Keramour, me sentant à l'article de ma fin, déclare mourir confessé et réconcilié dans le giron de notre sainte mère l'Église, au nom du Père, du Fils et du Saint-Esprit. Amen.

« *Item :* donner et léguer tout ce qui est de moi et de défunte ma dame bien-aimée à notre fils unique Gaston, chevalier de Keramour, qui serait maître de Pendor, sans que nous l'avons malheureusement vendu, et seigneur de tout le grand Keramour, sans que ma tante Armelle (à qui je pardonne) nous en a injustement dépouillés, pour en faire du bien à ce misérable empoisonneur de Merlin (envers qui je ne garde point de rancune).

« *Item :* donner à monsieur mon cousin Le Bihan de Polduc, héritier du sang de Bretagne, ma trompe et mon gobelet de chasse, ainsi que mon coutelas avec sa gaine, et le soin d'élever chrétiennement mon fils Gaston, chevalier de Keramour.

« En foi de quoi, n'ayant rien autre à dire, sinon remercier mondit sieur cousin Le Bihan, qui a donné pendant deux ans le vivre et le couvert à ma famille et à moi dans notre détresse, je prie Dieu qu'il l'ait en sa garde, lui et sa maison. »

Au-dessous de la ligne, ces mots étaient tracés d'une main plus tremblante :

« Pour Gaston :
« Adieu, mon petit gars. Je vais prier pour toi avec ta mère. Sois un Breton ! »

C'est à peine si je me souvenais de mon père, qui nous avait quittés quand j'étais petit. Je n'avais jamais vu ni son écriture ni sa signature. Mon oncle ne parlait pas souvent de ceux qui étaient morts : il détestait la tristesse.

Dans mon idée d'enfant, je ne me croyais certes pas riche ; mais j'étais à cent lieues de soupçonner que j'eusse été élevé par charité dans la maison de M. Le Bihan.

Je ne sais si d'un seul mot on peut rendre à un brave homme un plus éclatant hommage.

Je baisai le seing de mon père et je fermai le registre. Mes joues étaient inondées de larmes. M. Le Bihan toussait avec force sans en avoir envie. Quand je lui pris les deux mains, il voulut les retirer, tant il était à la gêne.

— Alors, dis-je, mon oncle... mon père, plutôt ! voilà seize ans que vous êtes mon bienfaiteur, et je l'apprends par hasard ?

— La paix ! fit-il presque durement. C'est moi qui suis une bête : je n'aurais pas dû te montrer des choses pareilles. Ton père et moi nous nous étions rossés avant de tenir sur nos jambes. Et ta mère ! belle et douce comme la sainte Vierge ! Tu sais? si tu me fais pleurer, je tape ! Ventrebleu ! calote à papa ! chien d'Anglais ! et son Anglaise ! et la gale ! et les douaniers ! Tu lui ressembles, à ta maman...Et vas-tu t'essuyer les yeux, failli drôle ! Jamais je n'ai été si en colère de ma vie... En mourant, elle m'avait dit : « L'enfant vous reste, cousin. Je vous connais : je n'ai pas peur. » Enjôleuse ! Ah ! petit, le diable n'y peut rien ! C'était une sainte que ta mère !

III

OU MON ONCLE MONTRE LE FOND DE SON CŒUR

Pour un empire, mon oncle n'aurait pas voulu avouer à des tiers la grosse larme qui roulait lentement parmi les rubis de sa joue. Je me jetai dans ses bras ; il fit mine de me repousser, mais il me serra contre sa poitrine.

— On peut s'embrasser de plus loin, pas vrai, chevalier? reprit-il en manière d'apologie : après Vivette, tu es mon plus proche parent. Mais où ça mène-t-il? Eh bien, voilà ! mon registre n'est pas bavard, puisqu'il reste les trois quarts de son papier blanc (sauf les taches de sauce), depuis près de cent ans qu'il est dans la famille. Et cependant il dit bien des choses. Tu vois ces petites croix qui n'ont l'air de rien? chacune d'elles marque des funérailles : ici, c'est le deuil d'une ferme ; là, celui d'un moulin, d'un étang, d'un clos, d'un taillis où d'un baliveau d'âge. Nous étions riches. Après? Nous voilà pauvres. On tâchera de boire tout de même. Si tu voulais me dire que tu ne m'en veux pas pour ton mariage manqué, ça me ferait plaisir tout de même.

— Nous nous aimons bien, Vivette et moi, murmurai-je.

— Et crois-tu que tu ne me manqueras pas? s'écria mon oncle impétueusement. Je suis habitué à toi comme à ma pipe ! Calotte à papa ! qu'aurai-je pour te remplacer? Ce vieux grigou de Merlin? Je ne peux pas le voir en peinture ! Mais sois tranquille : notre Vivette le mettra dans sa poche. Et qui sait? le coquin est encore dur; mais il a de l'âge, et c'est peut-être par sa veuvière que tu rentreras dans ta maison de Keramour. Vous l'avez perdue par une vieille fille : elle vous reviendra par une jeune veuve. Ah ! ah ! ah ! voilà ! Toutes les nièces sont rousses ! l'idée n'est pas mauvaise, hé?

Il plongea la main dans sacoche et en retira deux écus de six livres.

— Mon gars, me dit-il brusquement, les plus courts adieux sont les meilleurs. Je te donne Taupin pour ton voyage, avec la selle et la bride. Va faire ta valise, prends ces deux braves écus, et bonne chance ! Je ne veux plus te revoir.

— Quoi ! m'écriai-je, vous me chassez tout de suite?

— A coup de bâton, s'il le faut, oui mon pauvre petit gars. Il faut avoir pitié de Vivette. Et puis, c'est dans mon marché avec le Merlin. Je ne connais personne à Paris à te recommander; mais on m'a dit que Noël Menou, de Pendor, l'ancien domestique de ton père, avait fait fortune à la cour. Il est, à ce qu'il paraît, chambrier d'un ministre. Fais ton profit de cela... Et décampe, chien d'Anglais ! Tu devrais déjà être parti.

Il fourra dans ma poche les deux pièces de six livres que je ne prenais point. Je balbutiai :

—Mon oncle, je ne peux pas vous dire ce que je ressens...

— Beaucoup de rancune, mon gars?...

— Non, sur l'honneur !

—Et un peu de reconnaissance. Il n'y a pas de quoi boire.

Il me prit par les épaules, me fit tourner de l'autre côté de la porte, qu'il ferma sur moi.

Mais je l'entendis qui disait en un véritable gémissement :

— Ah ! misère ! misère ! misère ! toutes les nièces rousses ! et les cinq prêtres ! et le cinquième ton, le diable et ses cornes ! ça vaut mieux que de jurer. Il faut donc mettre une croix sur le registre pour dire que j'ai vendu aussi ces deux enfants-là pour boire !

Je montai à ma chambre, résolu d'obéir. Mon cœur se fendait à la pensée de quitter Vivette sans même lui donner le baiser d'adieu ; mais je ne peux dire à quel point je respectais la volonté de M. Le Bihan.

Je l'admirais tel qu'il était, vices et vertus ; et pendant que je faisais ma valise, je revoyais toujours cette grosse larme roulant le long de sa joue rougeaude à la pensée de ma mère.

L'arrimage de mes effets dans le portemanteau n'était pas une besogne compliquée. Comme j'achevais, Joson entra sans frapper.

Joson était de Pendor et frère de ce Noël Menou qui avait servi mon père en qualité de petit valet.

— Voilà ce que c'est, me dit-il ; je ne mens point : la demoiselle est en bas qui pleure. Elle a tout écouté derrière la porte de l'étable. Elle dit comme ça qu'il faut passer, en vous en allant, par la grande avenue de Keramour. Si vous voulez, monsieur le chevalier, j'irai domestique aussi, moi, avec vous, jusqu'à Paris, faire fortune, comme de juste.

Je ne sais pas si, depuis sa naissance, Joson avait jamais prononcé un aussi long discours.

— Mon brave graçon, répondis-je, je n'ai en tout que douze livres.

— Ça ne fait rien.

— Et comment me suivras-tu?

— A pied donc.

— Et si tu es malade en route?

Sa large bouche s'ouvrit pour rire tout bas.

Joson malade ! c'était là, en effet, une drôle d'idée.

— Alors, conclut-il, voyant la faiblesse de mes objections, c'est dit : je vas faire mon paquet, sûr et vrai, et lier mes sabots.

Il s'éloigna. Je descendis à l'écurie pour seller Taupin Ce n'était pas un coursier de bataille. Il avait charroyé du charbon pendant dix ans dans la forêt de Quimperlé avant de venir chez nous, et je le voyais porter mon oncle depuis tantôt dix autres années aux foires et pardons des alentours ; mais ces petits chevaux du Finistère, vifs et sobres comme des chèvres, vivent aussi vieux que des corbeaux. Le nom de Taupin disait sa robe, qui était noire avec des reflets d'un gris fauve. Il allait la tête basse et les jambes écartées, mais il allait tant qu'on voulait.

Je lui mis ma valise sur le dos et le fis sortir dans la cour. Mon oncle était debout et les bras ballants à la porte de l'écurie. Sa pipe éteinte pendait tristement à ses lèvres.

— Chevalier, me dit-il d'une voix véritablement altérée, te voilà donc qui t'en vas, mon pauvre petit gars? Trois péchés mortels ! coquine de duchesse Anne ! saligauds de Français ! Je n'aurais pas cru que j'aurais tant de mal à me séparer de toi ! et il faudra que le Merlin mette six autres fûts avec une barrique de vin vieux, que j'avais oubliée. Il peut bien ajouter un tonnelet d'eau-de-vie, pas vrai, cadet? Ventrebleu ! ventrebleu ! calotte à papa ! j'ai le cœur trop triste ! Veille à Taupin dans les descentes, le fer de derrière, à droite, n'a qu'un clou. Et ne me la fais pas trop pleurer : j'entends Vivette, à qui j'ai permis d'aller t'attendre au Grand-Carrefour. Veux-tu boire un coup? Non? Alors, bon voyage ! la treizième barrique ! Si j'étais notre âne, je brairais !

Il me serra la main terriblement dur et se sauva dans la cuisine.

Les cinq valets et les six servantes me firent escorte jusqu'au seuil de la cour. Il ne manquait que Joson. Un instant je le cherchai des yeux, puis je n'y pensai plus.

— Bonsoir-à-revoir, Monsieur le chevalier ! criaient tous ces braves amis à tue-tête. Ça va être du deuil assez par chez nous de ne plus vous voir ni soir ni matin, et le Merlin à la place de vous, misère de malheur ! la bénédiction du bon Jésus et de la sainte Vierge Marie ! C'est la maison qui sera grande ! Portez-vous bien, monsieur le chevalier, et le paradis après vos jours !

Je mis Taupin au petit galop dans le chemin qui montait à la lande entre les deux taillis de châtaigniers. J'avais donné des poignées de main à tout le monde, hélas ! et rien avec. Mais jusque par delà les taillis, je les entendis qui récitaient pour moi le *Pater noster* de si bon cœur !

Tout ce que je voyais me serrait la poitrine : le pré gras où l'on coupait l'herbe pour l'étable, le *douhet* (bassin) près de la fontaine où les laveuses battaient le gros linge en mesure, les guérets qui attendaient encore une semaille de blé noir, et les choux grands comme des arbres, et les froments déjà hauts qui ondulaient à la brise. Chapeau bas, je dis adieu au clocher, j'envoyai un baiser aux deux pauvres croix de bois plantées l'une à côté de l'autre dans le petit cimetière.

Là, dans le cimetière et dans l'église, l'histoire de notre maison était racontée par les tombes. Nous avions été toujours en descendant depuis des siècles. Dans le chœur de la paroisse, trois Kéramour dormaient sous des dalles de granit, et les dalles disaient de chacun deux : Haut et puissant seigneur...

Puis la mort avait passé le seuil. Trois autres tombes étaient tout près du porche; — puis d'autres vers le milieu : des maîtres et des maîtresses de Pendor; — puis les deux dernières, qui n'avaient ni tables ni grillages et se cachaient le long du mur....

Vers quel autre lointain champ de repos allais-je, moi le banni, plus pauvre qu'un mendiant? Quelqu'un prendrait-il seulement la peine d'écrire mon nom avec un « Priez Dieu pour lui » sur les deux lattes croisées pour marquer mon dernier asile?

Ventrebleu ! comme disait mon oncle, le soleil brillait là-haut joyeusement, annonçant déjà sa tombée par le rose orangé qu'il mettait aux rebords des nuages. Je n'étais pas d'humeur à garder longtemps ces mélancolies.

J'allongeai un coup de houssine à Taupin et je me dis :

— Chevalier, mon seul ami, c'est quand on est en bas de la côte qu'il s'agit de remonter. La méchante veine ne peut pas durer toujours, et Dieu t'a fait un fier cadeau, mon homme : c'est de n'avoir plus rien à perdre !

La route montait, justement. Au sommet, comme une opulente couronne, le parc de Kéramour arrondissait les jeunes verdures de ses vieux arbres.

Je me dis encore :

— Puisqu'on peut tout perdre, on peut tout gagner au jeu de la vie. En avant, Taupin, ma bique ! Tu ne t'en doutes pas, ni moi non plus; mais nous allons peut-être à notre fortune !

Comme, je parlai ainsi, j'entrai sous la futaie pour abréger la route qui devait me conduire au Grand-Carrefour.

Je n'avais pas fait deux cents pas sous le couvert,

que je vis quelque chose de noir pendre à une branche, comme ces sentinelles de paille qui gardent les cerises mûres contre le pillage des merles et des moineaux.

Je pensai tout de suite à ce pauvre bonhomme Legall, le chantre de Guidel, et je m'approchai dans l'intention de couper la corde, s'il était temps encore, par hasard.

IV

LE GRAND-CARREFOUR

Le cuisiner Vatel s'est rendu célèbre dans l'univers entier par un suicide du même genre que celui de M. Legall. Tous les deux moururent d'une humiliation professionnelle. J'espère que les présents mémoires feront passer le nom du chantre de Guidel à la postérité la plus reculée. Je lui dois bien cela, comme on pourra le voir.

L'odeur qui empestait l'air me convainquit tout de suite de l'inutilité de tout secours. Il y avait une nuée de mouches à l'entour du cadavre. Je pus voir que la main crispée du malheureux tenait encore ce fatal carré de parchemin où était inscrit le verset apocryphe inventé par le neveu Grippe-Soleil.

Je remarquai encore autre chose. On sait le préjugé populaire qui s'attache à la corde de pendu. Il me sembla qu'on avait déjà beaucoup dîmé sur celle de l'intortuné Legall : elle était réduite, par de nombreux emprunts, au tiers de sa grosseur et toute effiloquée.

Je payai un *Requiem* au défunt, sans lui dérober

en échange aucun brin de sa corde, et je continuai ma route. Trois minutes après, je débouchais dans la grande avenue de Keramour, et je mettais pied à terre pour recevoir dans mes bras ma petite Vivette chérie, qui pleurait comme une Madeleine.

Nous fûmes longtemps avant de parler. Elle tremblait sur mon cœur, comme un jonc au courant de l'eau qui s'enfuit,

L'air était doux qui venait des grandes roches de Kerpape et de la falaise de Loc-Mener. Ce vent du large, si cher à la poitrine des Bretons, chantait mélancoliquement dans les hautes branches des hêtres.

Ah ! de ce moment-là, toute ma vie je me souviendrai.

C'était un noble lieu. J'ai vu bien des châteaux royaux, je n'en ai pas trouvé un seul qui eût cette splendide approche. Au Grand-Carrefour, il y avait cinq allées en étoile, toutes les cinq larges comme l'avenue de Vincennes et bordées par trois rangs d'arbres gigantesques, adossés partout à la futaie. Autour des vieux troncs qui déchaussaient leurs racines énormes, la mousse verte et fauve croissait comme une chevelure, tachée çà et là par les toitures basses, épaisses et brunes des monstrueux champignons. Par places, les bords du chemin étaient tout bleus de pervenches; et de chaque côté des fossés, aussi bien que le long des ornières profondes, la lande renaissait, mêlant l'or des ajoncs au rose obscur de la bruyère, dont l'odeur d'incendie allume la passion du chasseur.

Trois des percées allaient à la mer, parce que le domaine de Keramour est un promontoire : l'allée de l'ouest tombait dans l'immensité de l'Océan; l'allée du sud apercevait l'île de Groix et ses roches basaltiques; l'allée de l'est regardait le clocher de Larmor, les remparts de Port-Louis et la rade de Lorient, bizarre et jolie comme un coin du paradis de l'Inde; les deux autres enfin, dirigées vers la terre ferme, découvraient les larges échappées, forêts, plaines et montagnes qui vont de Kervalloz à Pendor.

Ces noms peuvent vous sembler barbares. Pour nos oreilles bretonnes, ils sonnent comme l'harmonie des syllabes grecques remuait le cœur des guerriers pélasges évoquant sur la terre étrangère l'Illissus, l'Eurotas ou la bien-aimée Argos.

Nous avons nos poètes aussi, qui chantent sur la harpe des bardes Scaër et ses lutteurs, les trente chevaliers d'Évran, les douze vierges de Treffeleur, Kerillis et ses visions blanches; Ellé, la rivière enchantée; Isôle, sa sœur, la rivière bénie; Quimperlé, où est la fête des rouges-gorges; Uzel, où est Notre-Dame-des-Anges; Saint-Priol, où la brise s'embaume en passant sur le Pardon-des-Fleurs...

Ce ne sont pas ici de vains mots. Parler de tout cela, c'est songer encore à ma petite chérie, que j'allais quitter en abandonnant mon pays.

Savais-je alors comme je les aimais toutes les deux, ma Viviane et ma Bretagne?

Quand Vivette retrouva la parole, ce fut pour me dire :

— Gaston, je n'en veux pas à papa; et toi?

— Ton père, répondis-je, est la meilleure âme...

— Bon! bon! Embrasse-moi. Tu vas voir du pays : cela console. Moi, j'aurai à chauffer les gilets de laine du vieux grigou de Merlin. Est-il laid! est-il ratatiné! râpé! sec! méchant! abominable! Dis-moi que tu ne m'oublieras jamais.

— Oh! jamais! m'écriai-je.

— Combien papa t'a-t-il donné pour ton voyage?

— Un demi-louis.

— Pauvre papa ! Tiens, prends cela : c'est toute ma fortune.

Comme j'hésitais, elle ajouta :

— Je n'en ai plus besoin, puisque je vais être si riche ! Il y a cinq louis d'or:c'est assez pour aller jusqu'à Paris; et il y a ma croix de cou, qui vaut trente-huit livres pesant, et l'alliance de maman. L'alliance, c'est pour mettre en gage, si tu as besoin, mais je te défends de la vendre.

Je ne voulus pas de l'alliance, et je n'acceptai la croix d'or que pour la porter sur mon cœur.

Si vous saviez comme Vivette était jolie, assise sur la mousse à mes genoux !

— Tu es bien gentil, me dit-elle, de n'en pas vouloir à papa; mais, si tu m'aimais beaucoup, beaucoup, tu te mettrais plus en colère, et je serais obligée de me mettre à tes genoux pour t'empêcher de tuer M. Merlin, sais-tu?

L'idée ne m'en était pas venue, de tuer M. Merlin.

— Au fait, m'écriai-je en sautant sur mes pieds, si on l'assommait, ce vieux coquin-là, un petit peu !

— Tu le ferais? demanda-t-elle en fixant sur moi ses yeux brillants.

— Tout de suite, répondis-je. Attends-moi seulement : je vais revenir.

Elle m'entoura de ses bras charmants, et, souriant à travers ses larmes :

— Il ne l'aurait pas volé, dit-elle. Mais qui donc mettrait des fûts dans la cave de papa? Je te remercie, mon Gaston, tout comme si tu avais fait la chose pour moi. Va, on n'est pas sur la terre pour se divertir, c'est sûr. J'ai bien réfléchi : je serai bonne avec M. Merlin, malgré tout, et je ne lui jouerai pas de niches, pour que papa ait à boire et à manger. Embrasse-moi.

Elle mit sa tête sur mes genoux. Combien de fois ne s'était-elle pas endormie ainsi par les soirs d'été, quand nous étions enfants tous les deux !

Le soleil enfilait déjà l'allée de l'ouest, allumant dans la mer une traînée plus longue. De sa voix cassée, le clocher de Guidel envoya la cinquième heure. Vivianne se releva en sursaut.

— Père m'avait dit de n'être pas longtemps, fit-elle. Il faut que je vieille à lui : car il est capable de reprocher ton départ à M. Merlin, quand il aura son coup du soir, et de le battre comme plâtre. Où couches-tu cette nuit?

— A Auray.

— Pousse jusqu'à Saint-Anne, et dis à la bonne mère de la Vierge que je l'aimerai bien si elle te garde contre tout malheur. Tiens, voici mes boucles d'oreilles : tu les sus-pendras à droite en entrant dans la chapelle, auprès de mon petit bracelet d'or que j'avais porté l'an dernier, quand tu fus malade. Le reconnaîtrais-tu?

Je baisais ses belles mains sans répondre; mon cœur se fondait à cette heure de la séparation.

Elle me mit sur mes jambes et m'entraîna vers Taupin, qui attendait, broutant les jeunes pousses des ajoncs.

— Il y a de si bons chevaux dans l'écurie de M. Merlin ! soupira-t-elle et tes fontes n'ont même pas de pistolets ! Il en a de change et de rechange, lui, et qui ne servent pas. Comme je le déteste !

Nous entendîmes un bruit de feuilles sèches sous le couvert. Mon oncle Le Bihan et son futur gendre ar-rivaient bras dessus bras dessous. M. Merlin était armé en guerre : il portait à la main un bâton fourchu à deux dards, bonne défense contre les chiens enragés; et un mouchoir de Cholet, noué autour de sa veste, soutenait une paire de forts pistolets.

— Les voilà ! parbleu ! dit-il. Est-ce bientôt fini, ces grimaces-là ?

Mon oncle allait la tête penchée ; il grommela :

— Les plus courts adieux sont les meilleurs. Allons, garçailles, embrassez-vous ; et en route, toi, chevalier !

Vivette m'avait quitté pour aller aux nouveaux venus.

Sans mot dire, elle prit les deux pistolets à la ceinture de M. Merlin et les fourra dans mes fontes.

— Eh bien ! eh bien ! s'écria le grigou. Voyez-vous ce que fait l'effrontée, voisin !

— Ventrebleu ! répliqua mon oncle, puisque vous n'avez plus les deux bêtes, voisin, lâchez le fourrage aussi.

Il me tendit en même temps la petite poire à poudre et le sac à balles, qu'il venait d'ôter de la poche de son gendre.

— Et décampe, cadet ! ajouta-t-il. Calotte à papa ! si on te revoit dans le pays, je te fais mener par les chiens comme un lièvre !

— Les chiens vous mèneraient plutôt que lui ! dit Vivette. Il va s'en aller, soyez tranquille, et la joie de notre maison le suivra. Vous et moi, mon père, nous avons vieilli de dix ans aujourd'hui. Monte, Gaston, ajouta-t-elle en s'adressant à moi. C'est fini pour un temps ; mais qui vivra, verra.

Quand je fus en selle, le grigou poussa un grand soupir de soulagement.

Depuis qu'on lui avait pris ses pistolets et ses munitions, il n'avait pas soufflé mot, mais le diable n'y perdait rien. Il me regardait avec ses yeux de chouette, et la colère faisait remuer ses lèvres.

Vivette ne m'embrassa même pas ; elle me tendit la main d'un geste stoïque en disant :

— Adieu, Gaston ! que Dieu te bénisse !

Et je partis vitement. Mes yeux me brûlaient. Je ne voulais pas que M. Merlin me vit avec des larmes sur la joue.

Je l'entendis qui grommelait:

— Que le diable t'emporte!

J'allais en remontant vers la grande route. Le jour s'assombrissait par l'ombre des futaies, quoique le soleil fût encore au-dessus de l'horizon. J'avais fait dessein de ne point me retourner.

Tout à coup j'entendis un pas léger qui courait derrière moi sur la mousse, et des voix déjà lointaines criant:

— Vivette! Vivette!

Je sentis un choc soudain; deux jolis bras bien-aimés se nouèrent autour de mon cou: c'était Vivette qui venait de sauter en croupe.

Ne vous étonnez pas. Taupin n'était pas bien haut sur ses jambes, et ma pauvre petite Viviane se serait moquée d'Atalante au combat de l'agilité.

— Bête que je suis! me dit-elle tout essoufflée, j'avais oublié le principal. Jamais je ne m'en serais consolée. Prends ceci, et promets-moi, sur ton salut éternel, de ne jamais t'en séparer.

Elle tendit en même temps une petite bonbonnière de corne étamée, comme on en vend à la foire.

— Qu'y a-t-il là-dedans, chérie? demandai-je, les lèvres déjà collées sur ses doigts.

— Jures-tu?

— Je jure?

— Sur ton salut?

— Sur mon salut.

— Il y a un peu de mes cheveux d'abord, et puis un peu de la corde qui a servi au pauvre bonhomme Legall. Avec les deux j'ai tressé une bague....

Quelle folie !

— Tu as juré !

Elle m'enlaça d'une dernière étreinte, mit ses fraîches lèvres sur ma joue, et se laissa glisser dans le chemin, disant dans le patois *gallo* qu'elle parlait si doucement :

— « Tout le bonheur de té et d'mé pour té tout seul, mon chéri, chéri joli !

V

Au coude de la route, je pus voir ma petite Vivette qui avait rejoint mon oncle Le Bihan et M. Merlin. Je mis Taupin au trot. Quand je fus en haut de la montée de Ploemeur, le Soleil, à demi baigné par la ligne du large, m'envoya son dernier rayon.

Je me souviens que dans les grands bois du Ter, une noce bourgeoise de Lorient faisait ripaille. Il y avait deux binious, deux bombardes et trois violons. Le marié regardait du côté de la route, pour voir si beaucoup de gens admiraient en passant une magnificence pareille.

Sur le fossé, de l'autre côté du chemin, une pauvre vieille gardeuse d'oies chantait, en filant de l'étoupe, des malédictions contre les Normands qui prirent la vache de Naïc; — et plus loin, dans la vase de l'étang marin, une petite pêcheuse de crevettes grises psalmodiait, en poussant son haveneau, semblable à un grand filet pour prendre les papillons :

> La beauté, de quoi sert-ê,
> Ligèrament, belle hirondê?
> É sert à porter en tê,
> En tê, tê, tê du cémetê,
> Ligèrament, belle hirondê,
> Ligèrament !

C'était triste à mourir, comme mon cœur; et partout, à droite et à gauche de la route, cachés derrière les grandes haies, les pâtours, appelant les pastourettes, jetaient dans l'ombre tombante du soir cette roulade mélancolique, sorte d'arpège mineur qui s'entend de si loin, et qui est comme le cri particulier des rustiques amours en basse Bretagne.

Il nommait cela *houper*. Tout enfant, j'avais houpé bien des fois pour appeler Vivette, sur la lande où les hauts ajoncs nous cachaient l'un à l'autre comme les cépées d'un taillis.

Un découragement lugubre était en moi. Toutes ces choses noircissaient le deuil de mon âme. Je pleurais comme une femme.

Je traversai ainsi sans m'arrêter notre belle ville de Lorient, toute neuve, mais qui va déjà vieillissant par le malheur des temps, depuis que la compagnie des Indes est morte.

Les Bretons n'ont jamais eu bonheur, excepté les Nantais pourtant, qui regardent où ils mettent le pied et sont les Normands de la Bretagne.

En quittant Lorient, je pris la route de Vannes qui mène jusqu'à Paris.

La nuit était presque venue. Je me retournai une dernière fois en haut de la côte, pour voir encore mon pays. La lune tremblait dans le miroir de la rade, et tout au loin le feu de Port-Louis paraissait comme une étoile de pourpre dans le bleu de l'occident éteint.

Par-dessus les montées que baignait déjà le brouillard, une ligne plus noire me fit deviner les futaies de Keramour et le bois de Pendor.

Ah! Vivette! Vivette! mon cœur! mon pauvre petit cœur!

Taupin galopait quand on voulait, mais il fallait y mettre de l'entêtement. A mon douzième coup de houssine, il dressa les oreilles et partit. Le vent de la course rafraîchit mon front, et peu à peu mes pensées tournèrent moins sinistres.

J'étais bien jeune. Jamais, du côté de la France, je n'avais dépassé le bac de la rivière de Scorff, qui est en amont de Lorient. La terre me semblait déjà grande, et je trouvais la route belle aux rayons de la lune.

Les chants bretons, qui portent toujours le diable en terre, avaient cessé d'attrister la nuit. On n'entendait même plus la plainte cadencée des pâtours amoureux. Sans l'odeur salée que la brise m'apportait encore, je me serais cru déjà dans un autre monde.

Voir du nouveau! Elle l'avait dit, ma pauvre petite Vivette! j'allais voir du nouveau. Ici commençait le premier chapitre du roman de ma vie. J'avais peu rêvé jusqu'à présent. Mon rêve aujourd'hui se levait comme une aurore.

Comment voyais-je dans mon imagination le monde mystérieux et inconnu?

Pas trop laid, je le confesse. En passant par le gros bourg de Landevan, où j'entendis sonner 9 heures, de tout ce que j'avais quitté, je ne regrettais déjà plus que Vivette.

Mais Vivette, par exemple!...

A 9 heures, tout dort dans un bourg de Bretagne. Dans tout Landevan, il n'y avait pas une seule résine allumée. Les chiens hurlèrent en écoutant le trot de Taupin qui sonnait contre les cailloux.

A Guidel, quand je passais, les chiens de garde ne faisaient point attention à moi.

J'étais hors de chez moi, décidément. Cela me plut. Pauvre chose que l'homme !

— Hardi, Taupin ! hope !

Connaissez-vous l'origine de cette interjection qui presse la marche des voyageurs en ce monde?

En anglais, *hope* veut dire espérance.

C'est le cri universel de la race humaine en route vers l'avenir.

Q'on chevauche en réalité sur Taupin ou en esprit sur le rêve, hope ! hope !

Espoirs ambitieux, espoirs amoureux, pressons le temps qui marche sous nous : le désir parle, la passion crie : hope ! hope ! jusqu'à ce que la vie arrêtée bute contre la mort...

Et Taupin allait, la pauvre honnête haridelle.

Devant moi, il y avait un piéton qui allongeait comme un tigre, déhanchant sa marche lourde mais courageuse. Au grand trot, c'est à peine si je le gagnais. La lune éclairait en splendeur. A mesure que j'approchais du fantassin, je pouvais voir le grand chapeau des paysans de chez nous, qui diminue brusquement dès qu'on a sauté par-dessus le Scorff, les guêtres blanches, la culotte rouge et la veste à boutons blancs des gars de Pendor.

— Holà ! ho ! criai-je. Qui de là ?

On ne me répondit point. Ma gaule recassa les oreilles de Taupin.

Je distinguai sous le bras du coureur un petit

paquet deux fois gros comme le poing, et je commençai d'entendre le clocloc d'une paire de sabots qui allaient se choquant sur le dos du piéton, pendant à son cou par une ficelle.

Au moment où j'allais le dépasser, il se retourna et prit sans façon mon bidet par la bride.

— Taupin ! dit-il, grenouille ! je t'aurais tenu au trot, mais le galop n'est pas de jeu !

Ainsi interpellé, Taupin mit sa tête entre ses jambes.

J'avais profondément oublié Joson, mon futur page. Ne l'ayant point trouvé lors de mon départ, je croyais qu'il avait renoncé à sa vocation aventureuse. Mais, comme il me l'expliqua, plutôt que de perdre cette occasion d'aller à Paris partager la bonne fortune du fameux Noël Menou, son frère, il aurait fait le voyage en marchant sur la tête.

Il avait seulement pris de l'avance, sans dire bonsoir à personne; et depuis Guidel il détalait pieds nus, son paquet sous le bras, ses sabots en bandoulière.

Son paquet contenait un mouchoir percé, une chemise déchirée et trois bonnets de laine rousse. Les bas Bretons ne sont frileux que des oreilles.

Nous couchâmes cette nuit à Sainte-Anne, comme je l'avais promis à Vivette; et le lendemain, de grand matin, nous fîmes nos dévotions à la chapelle. Il y a là bien des ex-voto naïfs, dont le texte attire une larme dans les yeux. On dit que le jour de sa fête, la bonne mère de la Vierge vient tous les ans visiter cet humble sanctuaire, et relire avec un sourire mouillé les innombrables actions de grâces qui tapissent les murailles de sa chapelle.

Ceux qui la surprennent à cette heure favorable sont certains, on dit encore cela, de voir exaucer le vœu de leur cœur.

Je ne sais pas ce que demanda Joson pour le cierge de deux liards qu'il regarda brûler jusqu'à la dernière miette de cire.

Moi, je suspendis les boucles d'oreilles de Viviane auprès de son bracelet; puis je brûlai mon cierge aussi, priant la bonne sainte Anne de me rendre ma chérie.

Il est vrai que cela supposait la mise en terre de ce vieux grigou de Merlin; mais qu'y faire?

Ce sont, autour d'Auray, de merveilleuses campagnes. On y retrouve la mer, qui se glisse, à travers les landes et les guérets, jusque dans ces vallées sombres où, selon la légende, la nuit de la Toussaint, déroule la procession sans fin des trépassés.

Aux heures du matin, tout ce deuil des fantaisies celtiques disparaît devant le premier rayon de soleil. Quand nous nous remîmes en route, un brouillard d'argent rasait la terre, laissant voir les têtes poudrées des pommiers en fleurs. Il y avait déjà des roses pour encadrer la porte des chaumières, et tout le long du sentier les primevères semaient dans l'herbe leurs étoiles d'or. Je me sentais espérer et revivre; ma poitrine élargie défilait l'air, appelant les combats de l'avenir.

Joson, maigre et noir comme un loup, me précédait à cent pas de distance, avec ses sabots qui claquaient sur ses reins. Il chantait à pleins poumons :

> Sont, sont, sont, les gars de Loc-Miné
> Qu'ont de la maillette,
> Qu'ont de la maillette;
> Sont, sont, sont les gars de Loc-Miné
> Qu'ont de la maillette
> Dessous leurs souliers !

Et il faisait tournoyer autour de sa tête un bâton à gros bout ou *pen-bas*, qu'il avait trouvé à l'église.

Et Vivette ! Eh bien ! Vivette, dans mon souvenir, souriait au lieu de pleurer. Elle n'en était que plus jolie.

Nous déjeunâmes à Vannes, la cité romaine ; et, du haut de la montagne qui la domine, nous aperçûmes une dernière fois la mer, la petite mer : *ar Mor-Bihan*, cette infiltration étrange qui amène l'Océan à quinze lieues dans les terres par des milliers de tortueux canaux. D'en haut, nous eussions dit une araignée colossale, au corps tout chargé d'étincelles, et qui emmêlait à perte de vues ses pattes, touffues comme une chevelure.

C'était encore la basse Bretagne jusque par delà Ploërmel, où le grand-cousin de mon oncle, M. de Rohan-Rohan, habite un de ses trente-trois châteaux ; puis commence l'autre Bretagne, une fois passée la Lande Triste, vers Saint-Malo-de-Beignon, où les douze cents Saxons changés en pierres sont tous couchés sur le ventre dans le même sens, relevant un peu la tête pour regarder l'Occident, où est l'Angleterre.

Le soir du troisième jour, en comptant celui du départ, après avoir traversé un pays gras et plat, où la tête des choux passe par-dessus les maisons, nous vîmes deux tours carrées que le soleil couchant dorait dans le crépuscule : c'était la grande, la riche ville de Rennes, siège des parlements de Bretagne.

Jusque-là il ne nous était arrivé ni bonheur, ni malheurs, et je commençais à trouver que les aventures étaient rares.

VI

OU SE DÉCOUVRE UNE CONSPIRATION

Rennes est presque entourée par deux rivières pares-
seuses, dont l'eau immobile croupit neuf mois de l'année.
C'est la santé des habitants, qui vivent très vieux dans
cette putréfaction humide, et ne connaissent pas d'autres
infirmités que les rhumes de cerveau.

Joson chaussa ses sabots en haut du faubourg l'Évêque, pour faire une entrée solennelle dans la capitale
bretonne. Il me dit :

— Je veux aller à Saint-Sauveur pour voir la Vierge
au Bouquet.

C'était du temps de M. Bertrand, comme nous appe-
lions encore le bon connétable aux poings carrés, du
Guesclin, la plus grande figure du quatorzième siècle.
Les Anglais entouraient la ville et creusaient une mine
qui, partant des bords de la Vilaine, devait aboutir à la
Tour-le-Bât. Mais le chemin de la mine passait sous
l'église Saint-Sauveur. Un matin que Bertrand était à
faire ses dévotions, il entendit craquer le bras de la
statue de Notre-Dame, et vit que sa main se retournait

comme si, de son bouquet, elle eût voulu désigner la dalle.

M. Bertrand regarda la pierre, qui ne présentait rien de suspect; mais il avait l'oreille fine : il écouta; il entendit un bruit profond et sourd dans les entrailles de la terre, et il se prosterna, disant : « Grâces à Marie ! »

A la place de la dalle, un trou fut creusé : une contre-mine. M. Bertrand y descendit avec son frère Olivier, le cadet de Penhoat et vingt hommes d'armes. Et les Anglais de Robert Knolles furent bel et bien enterrés.

Après quatre cents ans, le souvenir de ces choses est aussi vif que si elles étaient d'hier. Joson voulait voir l'église, le bras et le bouquet.

Il me quitta en ajoutant :

— Je vous retrouverai à l'auberge.

J'étais presque aussi neuf que lui : je ne réfléchis point que Rennes devait renfermer beaucoup d'auberges, et je continuai mon chemin par la place des Lices, toute bordée d'hôtels nobles. Au haut de la place, dans un enfoncement, était une petite maison tant soit peu délabrée, au-devant de laquelle pendait une enseigne représentant un cygne tortillant son cou blanc plus long qu'une anguille autour d'une croix noire, avec cette légende :

« Au Cygne de la Croix, Piédevache donne le boire, le manger, et couche à pied comme à cheval, sur le placis du Pilori. »

— Est-ce là une bonne auberge? demandai-je à un homme qui me semblait être un passant.

— La meilleure de la province, me répondit l'homme, sans mentir !

— Et pourquoi a-t-on mis « sur le placis du Pilori » ?

— C'est que le pilori se dresse devant la porte, tout

juste, et qu'il y a quatre autres Cygnes de Croix en la ville de Rennes; mais ce sont des *taudions*... Demain on expose, et vous pourrez causer avec les patients par votre fenêtre, sans mentir.

En même temps l'homme prit la bride de Taupin, qu'il fît entrer dans une petite cour aussi aérée que n'importe quel trou à fumier.

Par hasard, mon homme se trouvait être le propriétaire de l'auberge, M. Piédevache en personne. Je ne pouvais pas mieux tomber.

Comme j'allais à l'économie, je ne fus par trés fâché de l'humble apparence que présentait ma chambre. C'était une pièce de moyenne largeur, située sous le toit, meublée d'un grabat vermoulu, et dont la fenêtre à lucarne donnait sur la galerie.

A Rennes, presque toutes les maisons ont des galeries régnantes, qui ne rappellent en rien celles de Florence. Ce sont de longs appendices, branlants comme des écha-faudages, et soutenus par de simples soliveaux tout naïvement piqués dans les murs.

Mon hôte me demanda :

— Venez-vous pour l'affaire, mon joli?

— Pour la mienne, oui, répondis-je un peu scandalisé de son indiscrétion.

— J'entends : êtes-vous des douze apôtres?

— Ah çà ! ah çà !... commençai-je.

— A la bonne heure ! interrompit M. Piédevache. C'est qu'ils attendent un Judas, voyez-vous bien. Pas d'affront de ma part ! Seulement, toutes les places sont prises à table ce soir. On vous donnera la soupe ici, et ça vous sera bien plus commode, — si vous n'en êtes pas.

Il cligna de l'œil en prononçant ces derniers mots.

C'était un petit boulot, rouge de paupières, et dont le

nez, piqué au lard, aurait fait un fricandeau, tant il avait de matière charnue. Quand il parlait, ce nez monumental allait et venait comme une girouette au vent.

J'acceptai volontiers son offre. Je soupai tant bien que mal et je me mis au lit, après avoir fait jeter une botte de paille dans un coin pour Joson.

— La propreté, me dit M. Piédevache en me quittant, voilà ce qui distingue la maison. Vous allez dormir comme un petit saint dans des draps qui n'ont pas encore servi, sans mentir.

Quand je me fourrai dans le lit, qui gémissait sous mon poids comme un mourant, ces draps tout blancs me semblèrent grisâtres et même un peu gluants; mais j'étais las, et le sommeil me prit tout de suite.

Je ne saurai dire à quelle heure je m'éveillai. Il faisait nuit noire, et la muraille qui était en face de moi me parut zébrée de raies brillantes.

Derrière cette sorte de claire-voie on causait et on fumait. L'odeur des pipes était si âcre et si épaisse, que j'en éprouvai comme un commencement d'asphyxie.

Était-ce là ce qui m'avait réveillé? ou le bruit? ou les démangeaisons qui me brûlaient tout le corps?

Rennes, autrefois la capitale des Rédones et célèbre à différents titres, est citée dans les *Commentaires de César* pour la grosseur et l'abondance de ses puces. Sans l'autorité de cet homme illustre, je n'aurais pas osé prononcer un pareil mot devant des dames. Les voyageurs affirment que les puces d'Écosse elle-mêmes et celles d'Irlande, et aussi celles d'Espagne, renommées dans l'univers entier, pâlissent devant la belle venue des insectes rennais. On en a récolté dont il ne fallait que vingt-quatre pour peser une once. Celles qui jouaient avec moi cette nuit, étaient grosses comme des sauterelles d'Égypte.

Je me levai, renonçant du même coup à une lutte trop inégale, et je pris mon briquet pour avoir de la lumière; mais, comme je m'étais rapproché de la muraille, je commençai à saisir quelques bribes de la conversation de mes voisins.

Les premiers mots entendus furent ceux-ci :

« ... Supprimer le Judas... »

Cela me fit souvenir de M. Piédevache et de son bizarre interrogatoire. Je laissai mon briquet, dont le bruit eût trahi ma présence. Avais-je là près de moi les *douze apôtres?* et quelle diable de conspiration menaient ces gens-là?

J'allai vers la prétendue muraille, qui n'était, en réalité, qu'une misérable cloison, faite avec des bouts de bois. Presque partout, le torchis en paille hachée qui avait anciennement relié les bâtons, était tombé, emportant le papier brunâtre et laissant des ouvertures par où l'on aurait pu passer la main.

Je n'eus pas besoin de choisir : la première fente venue me donna pleine vue sur une grande chambre tout aussi délabrée que la mienne, et éclairée par une seule chandelle, posée sur la cheminée qui me faisait face.

Cette chandelle, à la mèche longue et fumeuse, éclairait à revers une réunion d'hommes en bras de chemises et soubrevestes, dont les visages restaient pour moi dans l'ombre. J'en comptai onze. La plupart étaient coiffés de bonnets de nuit. Ils entouraient une table longue, où il y avait des pichés de cidre et des verres.

Ils fumaient tous, les coudes sur la table et se parlant dans les yeux. De temps en temps il y avait un bruit d'argent qu'on remue. Leur prétention était évidemment de causer à voix basse; mais un bon Breton qui croit chuchoter, donne encore assez de son pour casser les vitres.

Je n'apercevais aucun visage. Ils faisaient l'effet de onze figures noires, chacune avec un charbon entre les dents.

— Et Trefléan? demanda une voix au moment où je commençais de regarder.

On répondit :

— Il a mis au bas de laine.

— Qui *mouille* pour lui?

— Moi.

Et l'argent tinta.

— Et le prêteur du bourg de Pacé?

— Il mêle.

— Qui *mouille*?

— Moi.

Encore de l'argent qui sonna.

Mes yeux, habitués à l'obscurité, perçaient à demi le nuage de fumée et distinguaient un tas d'écus au centre de la table.

— C'est bien mené ! fut-il dit. Saint-Pierre est un finaud !

— Va-t-il venir?

— Non, mais il sera demain à la fosse.

— Alors, le roi sautera !

— Et M. l'intendant crèvera comme une bousine (vessie) !

Un rire de satisfaction fit le tour de la table, mais une voix chagrine reprit :

— Il ne faudrait qu'un Judas pour tout gâter.

— Sans compter, reprit une autre voix, que le Piédevache ne sait jamais tenir sa langue !

Une troisième voix, importante comme celle d'un président, déclara :

— On va s'occuper tout à l'heure du Judas et de Piédevache.

— C'est ça ! finissons nos affaires.

— Et puis, nous règlerons le compte de ces deux-là avant d'aller nous coucher.

— Il paraît, pensai-je, qu'on sait où trouver le Judas.

Il n'y avait qu'un livre dans la bibliothèque de mon oncle Le Bihan, et il en déchirait les pages pour coiffer sa pipe par-dessus l'amadou : c'était *l'Histoire du capitaine Mandrin, brigadier des voleurs du roi*, par Subielle.

Je l'avais lu et relu, malgré ma difficulté à épeler dans le fin, car je ne veux pas me donner pour un bachelier de beaucoup de science.

L'idée me vint que j'avais affaire à des brigands.

VII

A LA BELLE ÉTOILE

Mais pourquoi des brigands auraient-ils parlé du roi et de M. l'intendant? On causait beaucoup en ce temps des « faux-sauniers » et de leurs exploits; le grenier à sel donnait lieu à de véritables batailles entre fraudeurs et maltôtiers.

Je songeai à cela et à bien d'autres choses encore. Ma curiosité était vivement piquée.

Mais il y avait en moi une fièvre bien plus forte que celle de la curiosité. Je me résigne à l'accusation d'invraisemblance. Aucune des respectables personnes qui me liront n'a peut-être couché chez Piédevache, au haut des Lices, à l'enseigne du Cygne de la Croix; aucune ne voudra croire aux terribles tourments que je subissais en jouant le rôle d'écouteur.

Fâchez-vous si vous voulez, je répéterai le mot. Les puces ! les propres filles de celles qui obtinrent, par leur taille avantageuse, leur nombre et leur courage, une méntion si honorable dans le livre *de Bello gallico*, se ruaient sur moi par les fentes de la cloison avec une telle furie, que j'en perdais à chaque instant l'équilibre.

Nous sommes au siècle des grandes inventions. Cox a trouvé le moyen de respirer au fond de la mer; Montgolfier voyage dans l'air à moitié chemin des astres : si le génie de nos savants découvre un biais pour utiliser... Mais mon patriotisme m'égare ! L'esprit s'étonne en effet des gloires et des prospérités qui seraient alors le lot de cette heureuse terre de Bretagne !

Il en passait des milliers et des millions, toutes énormes, toutes enragées, toutes robustes, dures, cuirassées comme de petits homards. Elles avaient une voix, ma parole ! elles sifflaient et grondaient. Ah ! quels superbes produits !

La bonne envie que j'avais de savoir, me fit résister quelque temps. J'en immolai bon nombre, qui jamais ne revirent leur famille; mais évidemment elles prenaient goût à moi, et leur férocité devint telle que je dus leur abandonner la place.

Un instant de plus, et le transport me prenait.

Je cédai, parce que le même César l'a dit : La valeur ne peut rien contre le nombre. J'abandonnai le roi, l'intendant et le Judas au sort qui les menaçait. J'ouvris la fenêtre bien doucement; je pris ma valise pour m'en faire un oreiller, mes pistolets à tout événement, et, après m'être habillé de haut en bas, j'allai me coucher roulé dans mon manteau, sur les planches de la galerie.

Bien entendu, je repoussai la fenêtre, qui devait être une barrière entre moi et la populace des insectes. Par le fait, et sans parti pris de défiance, j'avais ainsi avec moi tout ce qui m'appartenait. Je dormais sur ma fortune, et rien de moi ne restait dans ma chambre.

Il faisait un très beau temps. Je recommande mon moyen aux voyageurs. Pour être bien dans les auberges de Rennes, il ne s'agit que de passer la nuit sur le balcon :

c'est le paradis. Je me préparai sérieusement à faire un maître somme.

Mais je comptais sans mon aventure, qui était loin d'être finie. Au contraire, elle ne faisait que commencer.

L'idée m'est venue bien souvent, en songeant à cette nuit et à ses suites, que les puces de M. Piédevache étaient fées, et qu'elles m'avaient chassé de chez moi pour obéir au talisman que je portais : le dernier cadeau de ma petite Viviane; la bague faite avec le chanvre qui avait pendu le pauvre chantre de Guidel.

Je venais de fermer les yeux, respirant l'air du ciel avec délices, quand un bruit singulier vint inquiéter mon oreille. Je crus d'abord que ce bruit se faisait chez les onze apôtres, dont la croisée donnait aussi sur la galerie; mais mon premier regard me détrompa.

En rouvrant les yeux, je vis, en effet, ma fenêtre éclairée et ma chambre pleine de bras de chemises et de soubrevestes.

Les apôtres avaient fait irruption chez moi, et ce n'était pas dans un but pacifique : la plupart d'entre eux avaient la brette à la main, et j'en vis deux qui brandissaient des pistolets d'arçon de taille exceptionnelle. Si j'avais pu concevoir quelque doute sur leur dessein, le soin qu'ils avaient pris de se voiler le visage à l'aide de leurs cholets aurait suffi à me fixer.

Je ne pouvais me prendre ni pour le roi ni pour M. l'intendant de la province : j'étais probablement le Judas qu'il fallait supprimer pour le bien de leur mystérieuse entreprise.

Les onze apôtres masqués parurent fort surpris de ne me point trouver dans mon lit, dont ils retournèrent les couvertures; quelques-uns même cherchèrent dessous, en sondant avec leurs épées; d'autres allèrent dans les

coins; on ouvrit les armoires, on larda la paille pré-
parée pour Joson.

Et quand on fut bien sûr que je n'étais plus là, les
voix s'élevèrent :

— Il est parti !

— Il est parti !

— C'est bien sûr un Normand !

— Il a l'avance !

— Piédevache est un faux frère !

Personne n'eut l'idée de venir voir sur le balcon, où
j'attendais avec mon épée dans une main, un pistolet
dans l'autre.

J'étais parfaitement déterminé : s'ils avaient seulement ouvert la fenêtre, j'en faisais une capilotade.

Mais ils s'en allèrent comme ils étaient venus, et sans
aucun doute chacun d'eux regagna sa chambre, car au
bout d'un quart d'heure tout bruit avait pris fin dans
l'auberge du Cygne de la Croix.

Je m'endormis. Je rêvai de Vivette, qui m'appelait
en souriant. Dans un brouillard gris, le maigre corps de
M. Legall se balançait en tournant au bout de sa corde.
Parmi ces tonnerres lointains que les brisants de Loc-
Mener envoient jusqu'à Guidel les jours de gros temps,
il me semblait entendre mon oncle Le Bihan jurer « calotte à papa ! toutes les nièces sont rousses ! ... »

Un coq enroué chanta si près de moi, qu'il m'éveilla.
Une horloge aigre sonna quatre coups. A l'orient, vers
Paris, le ciel se teintait déjà d'un gris rose.

Je remarquai cela et j'en tirai un souriant augure. Nous
autres de Bretagne, nous sommes un tantinet superstitieux.

Ma seconde pensée fut pour Viviane. Elle devait
dormir encore, les cheveux épars sur son bras blanc :
elle avait tant pleuré !

— Si elle savait lire, me disais-je, je lui ferais bien un petit bout de lettre, quoique je ne sache guère écrire.

Il faut bien avouer cela : nous n'étions pas des lettrés chez mon oncle. Vivette avait été à l'école pendant sept ans. Elle suivait sa messe assez bien quand on ne la changeait pas de paroissien; mais l'écriture, ah! dame! pour épeler l'écriture, il lui aurait fallu sept autres années de station chez les bonnes sœurs.

On ne peut avoir tous les talents : elle parlait si bien le gallo!

Ma troisième pensée, enfin, me reporta vers les événements de la veille. Évidemment je l'avais échappé belle avec mes voisins les apôtres; et comme je n'avais aucune inclination à exterminer ces rustauds ni à me faire massacrer par eux, je résolus de me mettre en route avant leur réveil. Ma toilette ne fut pas longue : je secouai la poussière de mon manteau et je rouvris ma fenêtre.

Comme je me rappropriais ainsi, j'entendis quelque chose qui tombait sur les planches de la galerie. Je me baissai. Je retrouvai à mes pieds mon briquet, avec la bonbonnière de corne où étaient les cheveux de Viviane et la corde du chantre, tressés ensemble pour faire une manière de bague.

Je baisai les cheveux, malgré la corde, et je n'eus point la pensée d'avoir pu égarer quelque autre chose.

— Sambleu! me dis-je en riant, il ne faut pas perdre cela : cela peut être l'amulette qui m'a sauvé cette nuit!

Mesdames, ne haussez pas trop vos belles épaules. On ne sait pas. Moi, je n'y croyais pas en ce temps-là.

Au moment où j'allais quitter la galerie, mon pied heurta un objet qui rendit un son argentin : c'était la petite bourse de Vivette. Je me baissai; mais ma main, qui tâtonnait sur le plancher de la galerie, rencontra une large fente, par laquelle mes cinq louis d'or avaient dû passer.

Je me hâtai de descendre, et je trouvai M. Piédevache déjà debout à la porte de la cour.

— Où allez-vous si matin? me demanda-t-il pendant que son immense nez se balançait en rougissant.

— Je vais à l'endroit d'où vous venez, répondis-je. N'avez-vous point ramassé ma bourse?

Il se mit en colère tout de suite et cria :

— Je connais les tours de voleurs, mon camarade. Est-ce un jeu pour ne point me payer?

— Coquin ! répondis-je en le saisissant au collet, allume une lanterne et viens m'éclairer sous la galerie, ou je t'étrangle !

Il obéit; mais la lanterne venait trop tard : il n'y avait plus trace de mes louis sur le pavé de la cour.

M. Piédevache, moins méchant qu'il n'en avait l'air, se laissa fouiller sans résistance. Ses poches étaient vides. Il ne me restait plus qu'à le payer sur les douze livres de mon oncle; ce que je fis, en gardant la certitude qu'il avait mis ma bourse en lieu de sûreté.

— Où allez-vous comme ça, mon jeune prince? me demanda-t-il d'un air goguenard au moment où j'enfourchais Taupin.

— A Paris, répondis-je, pour le cas où Joson viendrait prendre langue.

— Bon ! bon ! me dit-il, c'est la route. On ne vous demande pas vos secrets. Vous étiez donc, cette nuit, dans la galerie?... Je vous souhaite tout de même un heureux voyage. On peut rafler trente mille écus d'un coup dans cette affaire-là. J'espère qu'à l'occasion vous direz du bien de mon auberge.

VIII

LA FORÊT DE RENNES

Cinq heures sonnaient au « Gros », comme on appelait l'horloge de l'hôtel de ville de Rennes, quand je contournai le terre-plein nommé la Motte, pour prendre la rue Hue, qui mène au grand chemin de Paris.

Le soleil se levait derrière les hauteurs situées au delà de la Vilaine, par delà le bourg de Cesson. J'allais au pas, espérant que Joson me rejoindrait. Je n'étais pas riche, surtout depuis la perte de mes cinq louis; mais le pauvre diable avait encore moins d'argent que moi, et j'étais inquiet sur son compte.

Les paysans qui arrivaient pour le marché, me croisaient sur la route, les uns montés sur de petits chevaux munis de deux mannes énormes, en équilibre des deux côtés du bât; les autres à pied, surtout les femmes, et portant sur leurs têtes des planches d'une longueur surprenante, qui soutenaient d'un bout à l'autre deux rangées de pots de lait. C'eût été une véritable inondation si elles avaient subi le sort de Perrette.

Une fois gravie la montée qui prend au pont de Cesson,

la forêt de Rennes commença à noircir l'horizon. Il y avait là jadis des coupes énormes, mais qu'on va tous les jours défrichant. La partie du bois qui appartient au roi n'existera plus dans une moitié de siècle, tant les intendants usent et abusent.

A l'époque dont je parle, la forêt envoyait ses dernières futaies jusqu'à cinq cents pas du bourg de Noyal-sur-Vilaine, où est le fameux château de Velours. Bien avant d'arriver là, j'avais été dépassé déjà par cinq ou six cavaliers allant un à un, vêtus en demi-bourgeois et portant la peau de bique. Ils avaient à leur chapeau une branchette d'épine noire, et je remarquai bien qu'ils jetaient sur moi des regards de défiance en passant.

Cela venait aussi peut-être de ce que je me retournais à chaque instant pour interroger la route derrière moi et voir si Joson Menou n'arrivait point.

En touchant à la lisière des bois, je rencontrai un convoi de trente à quarante chevaux de charbonniers, portant leurs sacs noirs en pyramides et cheminant la tête basse comme des moutons. Ils avaient tous la clochette de fer au cou, et toutes les clochettes étaient uniformément fêlées.

Ils étaient menés par deux grands gaillards, qui leur parlaient avec des voix de tonnerre, et qui n'avaient jamais permis à l'eau de profaner la couche de poussier dont ils étaient émaillés jusque dans le blanc des yeux.

Il y en avait un à la tête, l'autre à la queue.

Celui de la tête me salua d'un retentissant :

— Bonjour, not'maître, et chez vous !

Puis il ajouta en faisant claquer son fouet emmanché de court, mais dont la corde avait bien quatre aunes :

— Ho hé hâ ! Bouinâs ! le v'là ! je n'mens pas !

Bouinâs, qui était le conducteur de la queue, me

regarda en dessous, toucha son bonnet de laine et me dit :

— Bonjour, not'maître, et chez vous !

Puis, faisant tournoyer son fouet immense, qui éclata comme un coup de mousquet :

— Ho hé hâ ! Chenâs, c'est lù, par mâ fâ ! c'est le Judâs !

Je m'arrêtai court. Comment ce diable de nom m'avait-il devancé ?

— Rrrrrou ! crièrent à la fois la tête et la queue. J'te vas baiser ! Hâ ! rrrrou ! hâ !

Et toutes ces choses noires, hommes, bêtes et sacs, prenant leur course à la fois, disparurent dans un tourbillon de poussière nègre, d'où sortait la plainte essoufflée du fer fêlée.

L'instant d'après, comme je traversais une clairière de landes, un petit pâtour qui gardait trois oies vint m'offrir une branche de prunellier en fleur, pareille à celle que tous mes mystérieux voyageurs portaient ce matin à leur chapeau.

Je voulus savoir de lui la signification de cet emblème. Il emporta mon sou et se sauva dans les broussailles. Ses oies elles-mêmes s'enfuirent en criant. Je pus noter qu'elles mettaient des accents circonflexes sur tous les *a* de leurs chansons, comme le veut l'accent du pays.

Mais voici bien une autre histoire ! J'affirme que j'étais sain d'esprit et bien éveillé, malgré ma mauvaise nuit. Je ne pensais à rien qui pût me donner la fièvre, et le temps gris qu'il faisait me mettait à l'abri de tout mirage. Je songeais, je m'en souviens, avec un sentiment de mélancolie, à la perte de mes cinq louis, qui me réduisait à neuf livres et douze sous pour faire la longue route de Paris : car ma nourriture et mon coucher m'avaient coûté, depuis mon départ, outre mon argent de poche, deux livres et huit sous pris sur l'argent de mon oncle Le Bihan.

J'étais en train de me demander si les horreurs de la faim elles-mêmes pourraient jamais me contraindre à vendre la croix d'or de ma cousine, lorsqu'un coup de feu retentit sous bois non loin de moi. Le fourré était en cet endroit fort épais : mon regard ne put percer les ténèbres; mais j'entendis un éclat de rire argentin, qui me rappela les chères gaietés de Vivette.

— C'est le Judas ! dit une voix de femme.

Et presque aussitôt, par une allée de chasse qui coupait la grande route selon un angle très aigu, deux beaux chevaux débouchèrent.

L'un était monté par un gentilhomme jeune encore et de noble mine; l'autre portait une toute jeune fille, costumée en amazone, avec un petit fusil sur le dos et un faisan argenté pendu à l'arçon de la selle.

Deux magnifiques épagneuls gambadaient, tantôt devant, tantôt derrière.

Jusqu'à présent, le lecteur ne doit pas bien comprendre mon besoin d'affirmer que je n'avais point la berlue. Ce joli spectacle d'une chasseresse charmante et bien accompagnée est à sa place dans une forêt.

Mais il y avait un détail que je n'ai pas encore exprimé. Je poussai un cri à la vue de la chasseresse, et je fus obligé de me retenir au pommeau de ma selle pour ne point vider les arçons.

— Vivette !

La jeune fille ne se retourna point, mais elle eut encore ce rire mélodieux qui avait percé une fois déjà le taillis.

C'était la grâce enfantine, c'était l'éblouissante fraîcheur, c'était la superbe chevelure de Vivette flottant au vent sous les plis d'une gaze verte.

Vivette montait hardiment les petits chevaux du pays de Lorient, mais jamais elle n'avait eu le moindre costume d'amazone. D'ailleurs, par quel miracle, l'eussé-je retrouvée dans la forêt de Rennes?.

Il y a des ressemblances.

La chasseresse et son compagnon avaient déjà disparu sous bois.

Je descendis de cheval et je m'assis sur le talus de la route, où la bruyère naine était touffue comme une fourrure. Je me sentais faible et j'avais gravement frayeur d'être fou. Taupin se mit à déjeuner d'herbe maigre et de pousses de ronces.

Il faut bien que je le confesse, je m'étais arrêté là pour ne point dépassser la route de chasse, dans laquelle l'amazone avait disparu. J'espérais qu'elle allait revenir.

Désormais, marcher du côté de Paris, c'était m'éloigner d'elle.

Instinctivement, je m'étais abrité derrière une touffe de bruyères, pour ne pas frapper de trop loin son regard lors de son retour.

Ce n'était pas Vivette. L'impossibilité me sautait aux yeux. Mais c'était pour Vivette que je voulais la revoir.

Je restai là une grande heure, me disant à moi-même que j'attendais Joson, et tout étonné de l'émotion qui me battait le cœur.

D'abord, je ne vis rien, parce que je ne regardais rien; mais il me sembla bientôt que tous les voyageurs, tournant à la même place, quittaient la route pour prendre la coulée où le vivant portrait de ma cousine s'était perdu derrière les branches. Ce n'étaient pas seulement les gens venant de Rennes qui prenaient ce sentier.

Du côté de Vitré aussi, et de tous les coins de la forêt, on semblait converger vers ce but, comme si la coulée eût mené à un pélerinage. Charbonniers, sabotiers, paysans, enfilaient tous la même voie; et, pendant que je me reposais, je comptai jusqu'à cinq de ces cavaliers qui portaient à leur chapeau des branchettes d'épine noire.

Ce singulier concours finit par exciter en moi une curiosité irrésistible. Ce que je me représentais, je ne saurais le dire; mais l'amazone était là dedans avec sa taille ondulante et ses doux cheveux caressés par le vent. Le nom de Vivette s'obstinait sur mes lèvres.

Je me remis en selle, et, au lieu de poursuivre la direction de Paris, je traversai la grande route. Je m'alléguais pour prétexte à moi-même que cette petite excursion donnait du large à Joson Menou, et que, s'il venait à passer en mon absence, je le rejoindrais toujours bien, puisqu'il était à pied.

— Mon homme, demandai-je à un ramasseur de bois mort qui me croisa chargé de son faix, où conduit cette percée?

— Bonjour, not'maître, et chez vous! me répondit-il d'un air goguenard. Vous savez ça mieux que moi, je ne mens pas.

Et il ajouta, quand il fut passé :

— Tout un chacun qui dévale à la Fosse-aux-Loups sont trop *renarés* (malins comme des renards) pour ne point connaître les sentes.

J'allais donc à la Fosse-aux-Loups. Dans presque toutes les forêts de Bretagne il y a un fond ou cul-de-sac qui porte ce nom. La forêt de Rennes en a deux pour sa part. Les grands bois de Keramour avaient aussi leur Fosse-aux-Loups, marquée de cinq tables druidiques, et qui possédait en outre une *oreille-de-mer*.

L'oreille-de-mer est une excavation naturelle, par où les gens de beaucoup de courage peuvent, en descendant toujours, pendant des lieues et des lieues, arriver jusque dans les maisons d'émeraude qui sont sous les les profondeurs de l'Océan.

Je n'avais pas fait deux cents pas dans la coulée, qu'un son de trompe fut donné sous bois à droite de moi. Un autre mot pareil fut répondu au loin. Me faisait-on l'honneur de sonner mon *rembuché*?

A mesure que j'allais, la sente se rétrécissait et le bois à l'entour devenait plus épais. La route dévalait constamment, selon l'expression de mon ramasseur de bois mort. Elle me conduisit à une espèce de marécage, formé par la petite rivière de Vanvre. Taupin le traversa à gué. Il y avait de place en place des roches posées pour le passage des piétons.

Immédiatement après le marais, une motte ronde s'élevait, plantée de vieux châtaigniers qui n'avaient pas grandi. Au centre de ce bois sacré, il y avait une chapelle étroite et basse, aux murs tout gris de lichen; puis une courte montée, au sommet de laquelle les chênes trois ou quatre fois séculaires prenaient des proportions inconnues au pays de Bretagne.

Puis encore un plateau assez vaste, couvert d'une magnifique coupe de cent à cent vingt ans, qui aboutissait à une descente, ou plutôt à une chute brusque, donnant sur un paysage de peu d'étendue, mais agrandi par cette sombre et religieuse terreur qui semble naître des souvenirs druidiques.

IX

LA FOSSE-AUX-LOUPS

Bien des jours et bien des années ont passé depuis lors, et pourtant mon cœur bat au retentissement de ce premier pas que le hasard me fit faire dans ma vie d'aventures.

Qu'on me permette de parler un peu de moi, car ma figure et ma tournure jouèrent un certain rôle dans les événements qui vont suivre. J'ai dit mon âge : j'allais avoir vingt et un ans. Élevé chez un gentilhomme paysan, je ne pense pas que mes manières fussent très raffinées; et cependant il y avait une sorte de grandeur dans le sans-gêne de M. Le Bihan, et ma cousine Viviane aurait lutté de grâces avec n'importe quelle petite princesse.

Ceci est peut-être le miracle de la naissance. J'y crois peu, mais au fond de tout préjugé il y a un atome de vérité.

J'étais de bonne taille, pas trop grand, et très mince, contre la coutume du pays breton. J'entends mince de ceinture et d'attaches, car mes bras et mes jambes auraient servi de modèle à un artiste.

J'avais des cheveux blonds qui bouclaient légèrement. Vivette aimait à poser sa tête tout contre la mienne devant le miroir, pour sourire à l'effet charmant que produisait l'opposition de nos chevelures. J'avais comme elle le teint très blanc, malgré mes campagnes de chasseur et mes nuits passées à la grande pêche, sur le banc de la Baleine, au large de l'île de Groix.

M. le recteur de Guidel prétendait qu'il fallait prononcer le banc de la Belène, à cause du dieu Bélénus, appelé ailleurs Baal, qui avait un temple à Groix et un petit sanctuaire sur la Roche-Grognonne.

Ma moustache naissait, plus brune que mes cheveux, où jamais la poudre n'avait mis son outrage; et sous ce duvet transparent, ma bouche fit plus d'une fois envie aux belles dames de la cour du roi Louis XV le Bien-Aimé.

Ceci n'est pas un portrait de souvenir : j'ai sous les yeux, en écrivant, un pastel, frotté en 1774 par mon vieil ami Maurice-Quentin de Latour, et qui me montre à moi-même tel que j'étais deux ans après mon arrivée à Paris.

J'avais le nez grec, s'il vous plaît, mais un peu retroussé, deux fossettes au coin des lèvres et les yeux humides.

— La treizième barrique ! me disait souvent mon oncle Le Bihan, si tu étais seulement un brin de demoiselle ! calotte à papa !

C'eût été dommage, car je coupais en deux une hirondelle au vol, à balle rase, et Delarue, le maître en fait d'armes, me cita longtemps comme le meilleur poignet à brette qui fût dans le ressort de son académie.

Avec cela une belle voix, sonore et profonde, qui vibrait à hauteur de cœur, un appétit de jeune loup et une santé d'acier.

Revenons au paysage druidique de la forêt de Rennes.

C'était un entonnoir presque régulier, au fond duquel dormait un étang rond et noir, qui ressemblait au cratère d'un volcan. Les bords en étaient nus, sauf en un seul endroit, où des glaïeuls énormes et des iris formaient une touffe verte qui jaillissait d'un lit de nénuphars.

Du côté par où j'arrivais, la rampe circulaire était couverte par la plus belle futaie que j'aie admirée en ma vie. Les chênes moutonnaient à perte de vue, si également venus, qu'on eût dit un colossal gazon. Mais la futaie ne tenait que la moitié de l'entonnoir. Le reste était formé de roches superposées avec une sorte de régularité dans leur chaos, et dont quelques-unes, retenues par une force inconnue, pendaient menaçant le vide.

Toute cette portion de la rampe était dénudée. C'est à peine si quelques broussailles croissaient dans les fissures de la pierre; mais au sommet, autour d'une formation granitique carrée, où le hasard avait taillé des apparences de beffrois et de donjons, un semis de maigres bouleaux faisait couronne, surmonté par trois hêtres d'une gigantesque venue.

A l'extrême sommet de ce bloc, qu'on appelait « le Château-Brec », un autel celtique se dressait, montrant le ciel entre sa table et les trois menhirs qui lui servaient de pieds.

En bas, et en avant des derniers chênes de la futaie, d'autres monuments du culte des Gaëls étaient épars sur le sol aride et sec, malgré le voisinage de l'étang. Leur ensemble se trouvait encadré dans un reste d'enceinte formée par des *palis* d'ardoise aboutés à plat et couchés en long.

Le ciel s'était couvert depuis une heure : des nuages orageux, passant au galop, jetaient au fond de la Fosse-aux-Loups un jour roussâtre, dont la nuance changeait à chaque instant.

Car c'était bien la Fosse-aux-Loups, et la solitude habituelle de ce cul-de-sac sauvage se montrait aujourd'hui abondamment fréquentée. Parmi tous ceux que j'avais vu tourner le coude de la grande route, personne ne manquait. Le chemin par où j'arrivais, était, en effet, le seul qui conduisît au Vivier-Brec. Pour s'en retourner, tous ceux qui étaient ici, acteurs ou spectateurs, devaient reprendre fidèlement la même voie.

J'ai employé ces mots *acteurs* et *spectateurs*, parce que la première idée qui me vint fut celle de quelque cérémonie religieuse ou théâtrale. Mon oncle Le Bihan m'avait raconté bien des fois l'histoire d'une solennelle Assemblée ou « Parlement », convoquée par ses soins à la Fosse-aux-Loups de Kéramour, auprès de l'Oreille-de-Mer. C'était du temps où la Bretagne attendait la fameuse Armada du cardinal Alberoni et la grande armée des Cousins de la Mouche-à-Miel, levée par Mme la duchesse du Maine. Mon oncle Le Bihan était de la conspiration, non point dans l'intérêt des bâtards de Louis XIV, mais dans son propre intérêt à lui, M. le Bihan de Polduc, et pour faire valoir ses droits à la couronne de Bretagne.

Il vint au « Parlement » de la paroisse de Guidel plus de quatre cents paires de sabots : de bons drilles, dont chacun eût avalé le régent de France comme une huître. Seulement, on ne s'entendit pas bien au sujet de la succession au trône. Il y avait là au moins douze peaux de bique qui avaient des droits aussi incontestables que ceux de M. Le Bihan. De plus, les uns voulaient, après la victoire, mettre la capitale du monde civilisé à Languidic, les autres à Landernau, les plus sages à Quimper. On se battit à coups d'épée, à coups de fourches, à coups de poing aussi ; et mon oncle pocha les deux yeux de M. de Kerambardouille, son compétiteur le plus sérieux à la couronne ducale.

Ce fut ma seconde idée : la politique. Comme il y avait pour le moins une douzaine de demi-messieurs dans l'enceinte sacrée, marquée par les palis, et que, séparés par un respectueux intervalle, cent à cent cinquante pauvres gens de la forêt faisaient cercle autour d'eux, je me dis : « Voilà l'état-major et voici l'armée. »

Mes réflexions durèrent peu. En dehors de toute préméditation de ma part, mon entrée au sein de cette réunion mystérieuse, à laquelle je n'étais point convoqué, eut lieu d'une façon remarquablement brusque.

J'ai dit que la sente descendait presque à pic. J'ai dit aussi que mon vieux Taupin n'était pas ferré de neuf. Ses quatre pieds manquèrent à la fois dès le commencement de la pente, et il s'accroupit avec une admirable présence d'esprit sur ses jarrets pour se laisser glisser jusqu'en bas.

Cela fit grand effet. Il y eut un long murmure parmi le menu peuple, composé de sabotiers, de charbonniers, de bûcherons et de paysans. Je pus entendre ces mots vingt fois prononcés :

— Le v'là ! Par ma fâ, c'est lû !

Et la noblesse des peaux de bique, admise à l'honneur de l'enceinte, s'agita, parla tout bas, gesticula, gronda.

J'étais le centre de tous les regards. Les regards exprimaient tout autre chose que de la bienveillance.

Je n'avais pas froid aux yeux, non ! Cependant une circonstance me frappa. L'accident qui m'abattait comme un paquet en bas de la rampe était ridicule en lui-même, et personne ne riait. Pourquoi?

Je relevai Taupin, qui n'avait point de mal, et je mis pied à terre, assez embarrassé de ma contenance, et me demandant comment j'allais me conduire.

Je regrettais un peu d'être venu. J'étais seul de mon bord. L'hostilité de cette foule qui m'entourait n'avait rien d'équivoque. Et, en définitive, qu'avais-je à faire ici?

La pensée d'essayer une retraite honorable pendant qu'il en était temps encore, naquit en moi; mais, quand je regardai derrière moi, je vis que ma route était déjà coupée. Au sommet de la rampe, juste à l'endroit où les quatre pieds de Taupin avaient manqué, il y avait une dizaine de gars, dont l'un portait une trompe de chasse en bandoulière. Parmi les autres, je reconnus mes deux pâtours, mon ramasseur de bois mort et deux ou trois des passants qui m'avaient croisé sur le chemin en disant :

« Bonjour, not'maître, et chez vous !

Évidemment, il n'y avait plus qu'à faire contre fortune bon cœur.

Les bidets de la noblesse étaient tous attachés aux arbres voisins de l'enceinte.

Je choisis un gros chêne, qui pouvait au moins me servir d'ados en cas de bagarre, et j'y attachai Taupin, qui, plus heureux que son maître et libre de toute préoccupation, se mit aussitôt à brouter.

Les peaux de bique tenaient conseil. Je voyais s'agiter leurs chapeaux, ornés de la branchette de prunellier.

Derrière le grand dolmen qui occupait le centre de l'enceinte, une trompe éclata, lançant trois mots, espacés largement.

Il y avait donc là des gens que je ne pouvais point voir.

Dans plusieurs directions, les lointains de la forêt renvoyèrent les trois sons de trompe.

Tout cela était-il pour moi?

Il me semblait entendre des mouvements dans les broussées.

— Pour ce coup-là, dit une voix qui me sembla tout près de moi, les messieurs tiennent bon le Judas, je ne mens pas !

— Et ils ne le manqueront point, sûr et vrai ! répliqua une autre voix : son affaire est claire !

Je tirai de mes fontes les pistolets de M. Merlin, et je les passai ostensiblement à ma ceinture.

X .

LE DOUZIÈME APOTRE

J'avais repris tout mon sang-froid, et, pour la première fois, j'établissais une connexion entre mon aventure présente et les événements de la dernière nuit. Ce mot : « le Judas », me rendit comme un ressouvenir de mes démangeaisons.

Je comptai les peaux de bique de l'enceinte. Il y en avait onze. Un des douze apôtres manquait.

Après tout, mon danger n'était peut-être pas si grand. Tout roulait sur une méprise : on me prenait pour le Judas.

Mais qui était ce Judas? et me donnerait-on le temps de m'expliquer?

Autre question : qu'y avait-il derrière le dolmen, à l'endroit d'où étaient partis les trois mots de trompe, lesquels trois mots étaient destinés, selon la croyance de mon orgueil, à porter en forêt la grande nouvelle de mon arrivée?

Une ou deux minutes se passèrent, pendant lesquelles je pus me faire cette question et bien d'autres.

En somme, mes ennemis avaient de bien mauvaises figures; mais ils ne bougeaient pas, et j'étais armé.

La curiosité s'emparait de moi de nouveau.

Il y avait un détail véritablement singulier : en avant du dolmen, quand il se faisait un mouvement parmi les « apôtres », je pouvais voir une petite table en bois de sapin, toute neuve. Sur la table se trouvaient une écritoire, du papier, des plumes et une sonnette de bonne taille, qui devait appartenir à quelque sacristie voisine. On y voyait en outre un certain nombre de rondelles blanches, qui me parurent être des bougies d'enchères.

La taille respectable des pistolets de M. Merlin avait fait reculer les plus indiscrets parmi les membres de la populace forestière, et je n'entendais plus causer derrière moi sous le couvert. Dans l'enceinte, on hésitait de plus en plus. Les regards ne tuent pas, heureusement : sans cela j'eusse déjà souffert mille morts.

Tout d'un coup la cohue des petits gens se mit à crier :

— Voilà Saint-Pierre ! voilà Saint-Pierre !

Et ils dirigeaient vers moi des œillades qui menaçaient et triomphaient à la fois. C'était ce Saint-Pierre qui me devait mettre à la raison, sans nul doute.

Saint-Pierre, le douzième apôtre, avait été jusquelà caché derrière le dolmen. Quand il sortit de son abri, je reconnus le gentilhomme qui tout à l'heure accompagnait ma belle amazone chasseresse, vivant portrait de ma petite cousine.

Il avait maintenant, comme les autres, la branchette d'épine au chapeau.

C'était, ma foi, un assez beau brin de monsieur, mieux habillé et mieux lavé que les autres. Son surtout était fait avec des peaux de blaireaux et bordé de martres du pays, qui sont fort belles; les chaînes de ses montres tintaient sur le satin de sa soubreveste, et il avait des bagues à tous les doigts.

Derrière lui venait mon amazone; et combien elle me parut jolie, malgré le froid que ma situation mettait dans mes veines ! Elle avait la tête nue maintenant; sous la sombre menace du ciel, ses cheveux paraissaient plus noirs, son teint plus mat. Le nom de Vivette vint encore à mes lèvres.

Une fois, le grand orage d'équinoxe nous avait surpris, ma cousine et moi, dans le bois de Coat-Annoz. Ses cheveux et ses joues étaient ainsi sous la lueur cuivrée qui tombait des nuages.

Aussitôt que le charmant visage de l'inconnue se montra dépassant les profils du dolmen, son regard se fixa sur moi. Elle avait toujours en bandoulière son petit fusil de nacre et d'argent.

Un doigt de sa belle main toucha ses lèvres, qui avaient un singulier sourire. C'était hasard peut-être; mais je pris cela pour un signal, et je mis la main sur mon cœur.

Au cours de certaines aventures qui sont elles-mêmes romanesques, les choses impossibles peuvent devenir invraisemblables. En ce moment, j'aurais juré sur mon salut que l'amazone était Vivette, et que son geste me disait : « Sois prudent, je veille sur toi. »

Quelle fût illusion ou réalité, cette croyance me rendit tout mon courage.

— Eh bien, eh bien ! dit Saint-Pierre en rejoignant le reste des apôtres, on ne peut donc pas boire une tasse de vin d'Anjou sans être dérangé, ici?

Les peaux de bique se mirent à lui parler toutes à la

fois; et, parmi la confusion de leurs discours, je saisis à plusieurs reprises les noms du Cygne de la Croix et de maître Piédevache.

— N'est-ce que cela? reprit ce beau M. de Saint-Pierre, dont la voix m'arrivait distincte et nette comme s'il eût fait tout ce qu'il fallait pour cela, la forêt est la forêt. Dans toute forêt il y a des braconniers. Tous les braconniers sont sujets à se tromper de poil, et il leur arrive de rouler une bête pour l'autre. Le roi n'en sait rien, pas vrai? et le monde va tout de même.

Les peaux de bique ne bronchèrent pas; mais il y eut un bruyant éclat de rire parmi la plèbe des petits métiers de la forêt.

— Ah! dame! ah! dame! fit-on de toutes parts, pour sûr et pour vrai, il a raison, faut pas mentir! Ça ne fera rien au roi si on met le Judas par terre!

L'amazone était restée un peu à l'écart. Je ne la quittai pas des yeux : il me semblait que sur ses traits je pouvais lire ma destinée.

En ce moment, sa physionomie était tranquille et son sourire avait une nuance de moquerie.

Cela fit naître en moi l'idée que le gentilhomme apôtre avait la prétention de m'effrayer, et peut-être de me mettre en fuite.

Je m'en indignai sincèrement.

— Ventrebleu! pensai-je, il va voir ce que nous sommes, nous autres de Pendor!

J'avais toujours bien dans le canon de mes pistolets de quoi fracasser le crâne à lui et à l'un de ses collègues. Et mon épée ne tenait pas au fourreau.

— Il y a des fêtes de famille, poursuivit Saint-Pierre, où il ne faut jamais aller quand on n'a pas reçu d'invitation. Nous sommes tout près du pays de Vitré. Au pays de Vitré, on casse les côtes du curieux qui entre à la noce sans qu'on lui dise : « Venez avec nous secouer votre chagrin. » Ho hé là ! Langourlâs ! as-tu ta tuette, mon gas ?

Tout cela était dit à haute et intelligible voix.

Langourlâs sortit du groupe des gens de la forêt : une tête de renard enfouie sous les broussailles d'une énorme chevelure et plantée sur un corps qui était tout en largeur.

Il tenait à la main une manière d'arquebuse, qui devait bien peser le poids d'un veau.

— La v'là, ma tuette, de vrai aussi, Monsié vicomte, dit-il tirant une mèche de son effrayante perruque. Mais je ne mens pas, ê boude à tout coup : je vâs la mener à Vitré pour son ravaudâge, chez l'armurier.

Il paraît que Saint-Pierre était un vicomte.

— Y a-t-il un autre affûteur par là ? demanda-t-il. Personne ne répondit.

— Si vous avez besoin d'un fusil, messieurs, dit paisiblement mon amazone, il y a le mien.

— Qui vient d'abattre un magnifique faisan, ma foi ! ajouta Saint-Pierre.

— A balle ! acheva l'amazone, à deux cents pas. Elle riait, la coquine !

Ah ! ce n'était pas la voix de ma Vivette ! Comment avais-je pu me tromper ainsi ?

La voix était jolie, mais décidée, presque effron-tée : une voix de petit homme.

— Bravo ! Madame la vicomte ! cria-t-on de toutes parts. Faut le descendre vous-même, cet oiseau de malheur ! vous en êtes ben capable, dâ !

Et j'avais pu la prendre pour ma Vivette chérie !

Elle ne répondit point, et tendit son fusil mignon aux grosses mains de ce Langourlâs, choisi pour être mon bourreau.

Il est vrai que son regard charmant me souriait toujours, étincelant à la fois de bonté et de fine moquerie.

Mais je ne me payai point de cela. J'armai crânement mes deux pistolets, et je pris cette pose qui veut dire dans toutes les langues du monde : « Si vous voulez ma peau, il faudra y mettre le prix. »

Langourlâs soupesa le petit fusil, haussa les épaules et se jeta sous bois.

Ce qui serait advenu, je n'en sais trop rien. Je suivais de l'œil mon futur assassin, déterminé que j'étais à mettre la tête de Saint-Pierre en compote, dès que je verrais le canon du petit fusil s'abaisser; mais à peine Langourlâs était-il sous bois, que de quatre ou cinq côtés à la fois la forêt se mit à sonner de la trompe.

Saint-Pierre siffla. Langourlâs s'arrêta court. Mon amazone avait tourné la tête en riant. Tout le monde s'agitait, les apôtres comme les pauvres gens.

— M. le prévôt-garde ! fut-il dit au premier son de trompe.

Au second :

— M. le gruyer juré !

Au troisième :

— MM. de la maréchaussée !

Que les préparatifs de mon exécution eussent été sérieux, comme les bonnes gens de la forêt en étaient manifestement persuadés; ou que cette mise en scène, comme la physionomie de ma belle amazone persistait à l'affirmer, fût destinée seulement à provoquer ma retraite, il n'était plus temps de jouer un pareil jeu.

On annonçait en même temps M. le prévôt-garde, première autorité de la forêt; le gruyer juré, personnage dont tout le monde connaissait l'importance, et MM. de la maréchaussée : c'était au moins deux fois plus qu'il

n'en fallait pour faire pénétrer les garanties de la civilisa-
tion jusqu'au fin fond de la Fosse-aux-Loups elle-même.

Les peaux de bique de l'enceinte ne cachaient point
leur désappointement. Ils entouraient Saint-Pierre et
semblaient lui faire des reproches. Je ne sais si la forme
particulière de l'entonnoir où nous étions rendait le lieu
sonore, mais il est certain que je saisissais à la volée des
mots prononcés loin de moi et presque chuchotés.

— Il nous tient, disait-on, c'est clair !

— Se laisser rouler par un seul Judas !

— L'affaire allait si bien !

— Voyons, que décidons-nous?

Saint-Pierre rassembla autour de lui les autres apôtres,
et sa voix tomba si bas, que je n'entendis plus rien. Les
bonnes gens exclus de l'enceinte se rapprochaient tant
qu'ils pouvaient et tendaient l'oreille avidement.

L'amazone se tenait toujours à l'écart.

Quand Saint-Pierre eut fini de parler, les peaux de
bique se consultèrent.

— Et qui fera cela? demanda-t-on.

— Moi, répondit l'amazone, à qui justement Langourlâs rendit son joli fusil, désormais inutile.

On hésita. La curiosité des bonnes gens arrivait à
être de la fièvre, et j'avoue que mon pouls battait aussi
le pas redoublé.

— Adieu, va ! dit une des peaux de bique, on peut
essayer.

— Adieu, va ! répétèrent les autres, au petit bonheur !

Saint-Pierre fit un signe à l'amazone, qui marcha
aussitôt vers moi, tenant son fusil à la main.

Je désarmai mes pistolets et les replaçai courtoise-
ment à ma ceinture.

XI

PRÉPARATIFS D'UNE GRANDE SOLENNITÉ

Avant de m'aborder, ma belle amazone écarta du geste les bonnes gens que leur curiosité rapprochait de moi. Elle leur dit sans élever la voix, mais d'un accent impérieux :

— A distance, mes enfants !

Ils obéirent aussitôt.

Moi, je la regardais venir.

Et, à mesure que je la voyais mieux, je m'étonnais davantage d'avoir pu la prendre pour ma petite Vivette.

Elle était d'abord plus grande que Vivette; elle avait, pour le moins, cinq ou six ans de plus que ma cousine. Était-elle moins jolie? Je ne sais. Elle était certainement plus belle. Son regard avait un éclat profond qui n'appartient point aux jeunes filles.

En m'abordant, elle me salua gracieusement et me tendit son arme en disant :

— Si mon fusil avait été chargé, je ne l'aurais pas donné à ce loup. Voulez-vous voir?

Je m'inclinai sans répondre. Il paraît pourtant que

mes yeux parlaient, car une teinte rosée monta parmi les charmantes pâleurs de sa joue.

— Je suis un ambassadeur, reprit-elle. Vous êtes gentilhomme, monsieur?

— J'ai cet honneur, madame la vicomtesse.

Elle sourit et reprit :

— Serait-il indiscret de vous demander pourquoi vous êtes ici?

— Serait-il impertinent de vous répondre que j'y suis venu dans le même but que vous?

— Non, fit-elle : ce serait au contraire très prudent et très adroit, mais ce serait mentir. Le vrai, c'est que vous êtes ici, mon cher monsieur, par suite d'un mouvement de curiosité bien naturel à votre âge.

— Qu'est-ce qui se passe autour de nous? demandai-je.

Cette question jaillit de mes lèvres en dépit de moi.

— Chut ! fit-elle. Voilà qui n'est pas bien parlé. Ces quelques mots me racontent toute votre histoire. Vous êtes un cadet de basse Bretagne en route pour chercher fortune à Paris. Moi, je le devine; mais ne le dites à personne ici, sans quoi vous perdriez l'aubaine que vous offre votre bonne étoile. On a grand besoin d'argent dans ce Paris... Je vous en prie, ne me regardez pas si tendrement. Est-ce que je *lui* ressemble?

— Oui, répliquai-je, justement.

Elle réprima un éclat de rire.

— C'est égal, poursuivit-elle. Mettez dans vos yeux, qui sont très beaux, de la méfiance et de la ruse : c'est votre rôle. Songez que vous êtes « le Judas », et que je suis chargée de vous adresser cette question: « Consentirez-vous à vider la place moyennant une prime de cent louis? »

— Cent louis ! m'écriai-je si haut, que toutes les peaux de bique dressèrent l'oreille.

— Malheureux ! fit mon amazone, vous êtes ruiné si vous n'ajoutez pas tout de suite et du ton le plus bourru : « Ah çà ! est-ce qu'on se moque de moi ? » Allez ! ils peuvent faire mieux.

Ma foi, je commençais à comprendre, et l'aventure m'amusait au dernier point. Je haussai les épaules, et je répétai docilement :

— Ah çà ! est-ce qu'on se moque de moi ? Ai-je l'air d'un homme à qui on offre cent louis ?

Les peaux de bique s'agitèrent. Tout le monde m'avait entendu. Dans les groupes du menu peuple forestier on se disait :

— De sûr et de vrai, je ne mens pas, car c'est péché, en v'là un qui va gagner sa journée !

— Hé là ! hé là ! Si c'est qu'on pourrait mordre tant seulement un brin de ce qu'il a dans son portemanteau, ce Judas-là !

— Tout va bien, murmura mon amazone : vous avez été parfait.

Elle ajouta d'un ton de colère, pour la galerie :

— Combien demandez-vous, alors ?

— Double ! repartis-je sans qu'on m'eût rien soufflé, cette fois.

— C'est assez, me dit-elle tout bas. Comment vous nommez-vous ? Ceci pour moi.

— Chevalier Gaston de Keramour.

— Ah ! le joli nom ! Comme elle doit vous aimer ! Moi, je m'appelle Catiche, et je ne resterai pas longtemps vicomtesse. Au prix que j'ai payé, il n'en coûte pas plus d'être marquise... Mettez-vous à votre aise, installez-vous comme si vous deviez rester ici jusqu'à demain, et voyez venir.

Elle me tourna le dos si prestement que je n'eus pas le temps de lui répondre.

Quand elle fut partie, il me sembla que je voyais encore le pétillement de ses grands yeux. Sur ma parole, elle était plus jolie que Vivette.

Pour lui obéir, j'étendis au pied du chêne mon manteau plié en quatre, et je m'assis dessus en homme qui ne compte pas s'en aller de sitôt.

Charbonniâs, braconniâs, cherchoux de pain et ramassoux de brindes me regardaient maintenant avec une admiration mal déguisée.

En abordant le concile des douze apôtres, l'amazone dit :

— J'ai fait de mon mieux, mais il est intraitable.

— Qui est-il? d'où vient-il? demanda Saint-Pierre.

— Il vient de Nantes, il est fils de marchand, il n'a pas voulu me dire son nom, il représente trois chantiers de la rivière de Loire, et sa valise contient cent mille écus d'*il-vous-plaira-payer*.

Saint-Pierre jura comme un quarteron de païens.

Les autres baissèrent la tête en murmurant :

— Deux cents louis ! c'est cher !

Dans la foule des sans-gêne on chuchotait :

— Mi Jésus, vrai bon Dieu ! et sainte Vierge ! et tous les saints itout, pas de jaloux ! Je ne mens pas ! si c'est que le Judas perdrait son bâgâge et qu'on aurait l'esprit de le retrouver dans la ramée...

L'idée me venait qu'il ne serait pas bon de se promener sous la futaie après le brun de nuit.

Pendant que le conseil des peaux de bique discutait à mon endroit, sacrait et se lamentait, un mouvement soudain se fit parmi l'assistance déguenillée. Une bonne moitié de ces pauvres diables passa devant moi en courant pour se ruer vers le sentier qui montait la rampe.

— Le monsieur gruyer juré ! disaient-ils ; le monsieur prévôt-garde ! Au lard ! au lard !

C'est le cri de joie national, le lard étant la suprême friandise.

Au sommet de la rampe parut un grand sec, remarquable par l'énormité de ses oreilles. Il était drôlement costumé en manière de bailli, et faisait la tête d'une procession composée de commis campagnards. C'est une chose surprenante comme les gratte-parchemin pullulent chez nous, même au fond des bois, où personne ne sait lire.

On prit à droite et à gauche les bridons de la rosse qui avait l'honneur de porter le gruyer juré, ce qui lui permit d'arriver au bas de la descente sans encourir le même accident que Taupin.

Ses commis dévalèrent en même temps que lui, importants et gourmés comme lui.

Puis vint, précédant une seconde procession, un sordide bonhomme, gros et luisant, portant l'épée par-dessus une douillette de laine brune, qui, pour être convenablement lavée, eût demandé l'eau de quatre lessives : c'était M. le prévôt-garde, un rude luron, qui avait plus d'un coup de fort cidre sous son bonnet.

On le fit descendre sans encombre, et il traversa majestueusement, avec toute sa séquelle, le fond de l'entonnoir, pour rejoindre M. le gruyer, qui était déjà dans l'enceinte, où les peaux de bique ouvraient un large passage à l'autorité.

Tout cela était fort imposant, mais nous n'étions pas au bout.

Le bruit d'un tambour fêlé se fit entendre sous bois.

— Au lard ! au lard ! l'intendance et la maréchaussée !

L'intendance apparut la première : c'était quelque

surnuméraire, un jeune homme plus maigre que les clous, escorté par deux receveurs à livrée et deux porteurs de registres, noirs comme des taupes, derrière lesquels chevauchaient quatre superbes soldats du régiment de gendarmes d'Orléans, dont la lieutenance du roi entretenait quatre compagnies aux frais de la province.

On peut juger qu'un pareil déploiement n'avait pas lieu pour peu de chose.

Les autorités se firent d'abord les politesses qui se doivent; puis le petit jeune homme de l'intendance, qui n'avait pas encore eu le temps d'engraisser, prit place au centre de la table de sapin. A ses côtés, le gruyer-juré et le prévôt-garde s'assirent.

Les commis, les greffiers, les rats de bureau, les écorche-papier, les rongeurs de plumes et les suppôts de toute sorte prirent place où ils purent.

Il y eut plus de vingt écritoires dégainées, tandis que les soldats de la maréchaussée, droits et hauts sur leurs grandes haridelles percheronnes, flanquaient les coins du carré, semblables à quatre statues équestres.

Les sans-gêne m'avaient oublié pour regarder avec leurs yeux ronds, écarquillés tout larges, l'étonnante splendeur de ce spectacle.

Mais les apôtres songeaient toujours à moi, Dieu merci !

Au moment où, sur un signe du petit maigrot de l'intendance, le tambour de la ville de Rennes bégayait son premier roulement, Saint-Pierre dit un mot à l'oreille de mon amazone, qui se dirigea aussitôt vers moi.

Saint-Pierre avait fait mieux que parler : il avait mis à contribution les apôtres, et déposé dans la belle main de sa vicomtesse un petit sac de cuir, qu'elle avait pris en souriant.

XII

DANGERS DE LA RICHESSE

Il s'agissait d'une vente de « bois du roi ». La belle futaie qui couvrait la rampe de la Fosse-aux-Loups et le plateau voisin, étaient condamnés. La lutte était entre les traitants et le roi. Le roi avait toute une armée pour défendre ses intérêts.

Belle troupe, on en conviendra, commandée par le petit de l'intendance, le gruyer-juré et le prévôt-garde ! Je ne pourrais pas dire au juste le nombre des noirs soldats qui obéissaient à cet état-major, sans compter les quatre gendarmes, derniers miroirs de la chevalerie ; mais il y avait là, certes, assez de plumitifs pour authentiquer la vente de quinze forêts.

La France est le paradis des écritoires.

Autour de la bataille, comme toujours, les pauvres diables s'ameutaient pour voir et pour gaspiller. Il tombe toujours quelque petite chose de la poche des gens qui se démènent.

Et moi ? Eh bien, moi, j'étais le plus pauvre de tous ces pauvres diables ; mais Vivette m'avait donné de la corde de pendu.

Souriez, si vous voulez. Quelques mois plus tard, dans ce beau Paris où le roi et les traitants se battaient d'une bien autre manière, il m'arriva de ne plus croire à rien, même au bon Dieu; mais il faut à l'âme immortelle un bout de foi : je ne cessai jamais de croire un peu à ma corde, tressée avec les doux cheveux de Vivette.

Ce fut ma belle, ce fut ma chère amazone qui m'expliqua le mystère des douze apôtres, en m'apportant le boursicot de cuir contenant deux cents louis d'or bien comptés et tout neufs.

Voici quel fut notre entretien, pendant que le tambour de la ville de Rennes battait, et qu'on achevait autour de la table de sapin les préparatifs du combat au plus offrant et dernier enchérisseur.

Elle avait marché vers moi avec toute la gravité d'un ambassadeur; mais dès qu'elle eut dépassé la ligne des spectateurs, je revis sur ses lèvres le sourire de sa gaieté moqueuse.

— Est-ce qu'elle est plus jolie que moi? me dit-elle en m'abordant.

Je savais parfaitement de qui elle parlait, et pourtant je demandai :

— Qui donc?

— Celle à qui je ressemble.

Je dus rougir, car elle me montra, en un rire brillant, toute la rangée de perles qui meublaient sa bouche.

— Il n'y a pas assez d'argent là dedans, reprit-elle en me tendant le sac de cuir, pour fléchir un père barbare; mais c'est un commencement. Vous êtes très beau, je vous l'ai déjà dit; je viens de voir que vous êtes très brave. Si vous n'étiez pas très intelligent, vos yeux seraient d'effrontés menteurs. Avec tout cela et deux cents louis pour entamer la partie, vous êtes sûr de réussir. Et encore je ne compte pas ce nom qui vaut à lui seul une poignée d'atouts : le chevalier Gaston de Keramour ! On se commanderait un nom chez les marchands, qu'on ne l'aurait pas plus joli... Mais prenez donc, chevalier de mon cœur.

J'hésitais, en vérité, à recevoir la sacoche. J'avais honte.

Mon amazone souriait toujours.

— Si le roi vous donnait sa bourse, dit-elle, accepteriez-vous?

— Certes.

— Eh bien, aussi vrai que je vaux toutes les vraies vicomtesses de la terre, et foi de Catiche ! c'est le roi qui vous donne cet argent-là.

Elle poursuivit en mettant elle-même le petit sac dans la poche de ma casaque :

— Nous n'avons pas beaucoup de temps à causer, mais vous avez déjà compris à moitié. Le roi a fait publier des bans qui annoncent la vente de ses baliveaux, afin de s'assurer de bonnes et libres enchères. Pauvre roi ! Les marchands de bois du pays, qui ont plus d'esprit que lui, se sont associés pour peser sur les prix. On appelle les conjurés des apôtres, et l'on nomme Judas tout enchérisseur qui ne fait point partie du complot. Par ce moyen, Sa Majesté perd un peu plus des trois quarts de son revenu, qui va, pour une très petite part, aux Judas (quand on ne trouve pas l'opportunité de les assommer), et pour une grosse portion à M. l'intendant de la province, au prévôt-garde, au gruyer-juré, au fretin des commis, inspecteurs, greffiers, gardes, tambours...

— Comment ! m'écriai-je, ce ne sont donc pas les apôtres qui volent le roi?

— Si fait. Ils tirent les marrons du feu, et on leur laisse

un bénéfice. Aujourd'hui, sans le savoir et sans le vouloir, le roi va répandre pour trente ou quarante mille écus de largesses, sur lesquelles les déguenillés de la forêt recevront cinq ou six pistoles en gros sous.

— ...A tous que de droit, criait en ce moment le petit de l'intendance après le troisième roulement, il est fait savoir qu'une enchère publique et loyale est ouverte sur les sept ventes de la Couronne ci-après dénommées, pour en être délivré l'aménagement aux plus offrants, selon les charges de juste exploitation et conditions énumérées au cahier forestier, savoir, primo : la futaie de pleine venue, dite la Grand'Vente de Préveneur, chênes, châtaigniers, hêtres, bouleaux et toutes essences, à trois mille pistoles et les six deniers pour livre...

— A trois mille pistoles et les six deniers ! répéta le gruyer juré.

Et le tambour battit.

M. de Saint-Pierre fit un pas vers la table et dit :

— Trois mille et une !

— Si je criais quatre mille? murmurai-je?

— Auriez-vous de quoi payer?

— Non.

— Alors, pliez bagage avec ce que vous avez de poissons pris. La comédie ne va pas durer longtemps, et il faut que vous ayez de l'avance, si vous voulez sortir de la forêt sans encombre. Toutes les perruques emmêlées qui sont là vous ont regardé avec des yeux de loup quand j'ai dit que vous aviez cent mille écus de cédules dans votre valise. Mettez votre bidet au grand trot, et regardez devant vous tout le long de la sente.

Pendant qu'elle parlait, j'avais sauté en selle.

— A trois mille et une pistoles ! criait pour la sixième fois M. le gruyer.

— Allumez ! ordonna le commis d'intendance. Personne ne dit mot ?

La vicomtesse Catiche me serra furtivement la main.

— Bon voyage ! me dit-elle. J'ai idée que nous nous reverrons.

— Dieu le veuille ! répondis-je. Merci et bien du bonheur !

Je descendis jusqu'au bord de l'étang pour prendre du champ, et un coup de houssine allongé dans les oreilles de Taupin lui fit franchir la rampe à honneur.

Le bruit de son galop fit retourner toutes les têtes.

Il y en avait qui n'étaient pas bonnes parmi ces têtes-là.

Au moment où j'entrais sous bois, j'entendis la voix aigre du petit de l'intendance qui criait :

— Adjugé à trois mille et une pistoles !

Il était environ une heure de l'après-midi. L'orage qui menaçait toujours, n'avait pas encore éclaté. Le couvert était si sombre qu'on eût dit le commencement de la nuit.

— Dans ce sentier étroit, tortueux et inégal, où parfois je ne voyais pas à plus de quinze toises devant moi, je comprenais très bien que je pouvais être attaqué à mon désavantage. Ces sauvages figures de saboutiâs et de charbouniâs que je laissais derrière moi, suivaient ma pensée. Les bracouniâs de la forêt de Rennes sont de rudes coquins quand ils s'y mettent. Dans ces pays, rien ne reste de l'âge d'or. L'impôt écrase le pauvre, et il faut boire.

J'éprouvais un certain plaisir, en cheminant sous bois, à sentir le poids de mes deux cents louis dans ma poche, je ne peux pas nier cela ; mais je n'étais pas sans avoir quelques vagues remords, et je me souviens que je répétai plus de vingt fois en moi-même :

— Aussitôt que j'aurai fait fortune, je rendrai le bien du roi.

C'était assurément d'un bon cœur.

Je pensais aussi et même beaucoup à ma nouvelle amie, la vicomtesse Catiche. Comme je n'avais jamais perdu de vue le clocher de ma paroisse de Guidel, cette charmante créature était pour moi un mystère insondable.

Mon hôtelier Piédevache se rencontre partout, même en basse Bretagne; mais il faut approcher des grandes villes pour croiser en chemin Saint-Pierre et sa moitié.

Dans la sincérité de mon âme, je la comparais à Vivette. Pour faire entre elles la différence, je n'avais rien de ce qu'il faut.

Et après tout, vous verrez que j'aurais pu tomber plus mal. Ma vicomtesse était une belle et bonne fille, à part certains petits défauts assez nombreux.

Qu'allais-je faire cependant de mon boursicot? Je me demandais cela en passant le gué marécageux de la petite rivière de Vanvre où les premières gouttes de la pluie d'orage faisaient des ronds dans l'eau.

Que de choses on peut entreprendre avec deux mille quatre cents livres !

Calotte à papa ! il y avait peut-être là de quoi contenter la soif de mon oncle le Bihan. Un instant j'eus l'idée de retourner en basse Bretagne avec mon trésor...

Était-ce la pluie que j'entendais des deux côtés du chemin dans les taillis? Il y avait de la pluie, mais encore autre chose. Quelque gibier peut-être ! La grosse bête ne *mouve* guère aux environs du midi. Et pourtant on *mouvait.*

J'avais beau regarder de tous mes yeux, je ne voyais rien.

Le bruit semblait courir avec moi, il allait même plus

vite que moi. Au bout de quelques minutes, il m'avait complètement dépassé.

Je me dis : « Ce sont des chiens qui quêtent... »

Mais je ne pouvais m'empêcher de songer à ces prétendus cent mille écus que l'imagination de mon amazone avait fourrés dans ma valise.

Il y avait là de quoi tenter le flair de bien des chiens à deux pattes.

Le ciel, qui était plus noir que de l'encre sur ma tête, s'ouvrit tout à coup en une large déchirure, zigzaguée comme un paraphe. Je raconte les choses comme je les vis : les cépées me parurent un instant tout en feu, et, parmi cet incendie, dont les flammes étaient livides, il me sembla que des formes humaines couraient à droite et à gauche en avant de moi.

J'en aperçus au moins une demi-douzaine, courbées sous la pluie, mais tenant fixés sur moi leurs yeux rouges comme les prunelles des loups.

Ce fut l'affaire d'une seconde. Quand le tonnerre éclata avec un assourdissant fracas, l'ombre m'enveloppait de nouveau.

XIII

LE PIÈGE AUX ÉCUS

Il n'advint rien de ces étranges figures aperçues à la lueur de l'éclair. Pendant dix bonnes minutes, j'eus la nuit en plein jour, et certes les malvoulants auraient eu beau jeu pour m'attaquer.

J'avais rêvé tout éveilllé, ou bien c'étaient des fantômes.

Chez nous, en Bretagne, il en sort de terre aux lueurs de l'orage comme au clair de lune.

Et je venais du pays où tout le monde connait le Grand-Errant de la pointe du Talud, qui éparpille ses petits hommes gris sur les roches, quand la tempête précipite l'une contre l'autre des lames plus hautes que la cathédrale de Lorient, dans les Couraux blancs d'écume, entre l'île de Groix et Larmor.

C'était un orage de mai. Il n'y eut qu'un seul coup de tonnerre. Au bout de dix minutes, le bleu du ciel se montra dans un coin de l'horizon, et les grands nuages en déroute démasquèrent le soleil.

Je me mis à rire en moi-même au souvenir de ma vision. Jamais chemin ne fut plus tranquille que le mien. Je n'entendais même plus ces bruits équivoques dans le taillis.

Et je reconnaissais à l'élargissement du sentier que le grand chemin désormais était proche.

Bien mieux, le vent m'apportait le son d'une voix amie, avec le cloc-cloc des sabots de Joson Menou, qui devait trotter dur et qui chantait :

> A Sainte-Anne-en-Auray
> J'irai pieds nus sur la route,
> Sans brin manger ni bori'goutte,
> Et je li porterai
> Le plus beau bouquet qu'j'aurai.

> C'est la fille au marchand d'futaine
> Qui m'tient au cœur depuis le printemps,
> J'gagn'mes huit sous quand j'vas-t-aux champs
> Ça ne suffit pas; j'suis ben en peine :
> Me faudrait trouver un trésor,
> Toute un'marmitée de pièc' d'or !...

J'ouvris la bouche pour crier joyeusement : « Oh ! hé ! Josille ! » quand mon attention fut attirée par un bout de corde qui reposait à terre en travers du sentier.

Cette corde n'était pas là quand j'avais passé le matin.

Ce n'était pas un obstacle bien difficile à franchir, et pourtant ma pensée se reporta aux craintes qui avaient préoccupé le début de ma route.

— Allons, Taupin ! dis-je, il faut sauter cela comme si c'était un fossé d'une toise, et n'y toucher ni des pieds de derrière ni des pieds de devant. Hardi ! si c'est un piège à écus, nous le verrons bien.

Et nous le vîmes !

Et c'était un piège à écus.

Taupin, dont ma houssine avait caressé l'oreille, prit son élan bravement.

De l'endroit où la corde était posée à plat sur le sol, on apercevait le débouché du sentier sur la grande route.

Je vis mon page Joson qui passait à pleine course avec son bâton à massue, son petit paquet sous le bras, ses deux sabots pendus au cou par derrière : cloc, cloc, cloc...

Justement Joson Menou achevait son couplet et prenait le refrain :

> A Sainte-Anne-en-Auray
> J'irai pieds nus sur la route...

Taupin, obéissant, à la houssine, était en l'air. Je poussai un grand cri. La corde lâche qui tout à l'heure gisait à terre, venait de se tendre et de se relever. Il y avait à chaque bout une paire de sauvages qui se faisaient des masques avec leurs grands cheveux rabattus.

D'un même mouvement, combiné avec une précision diabolique, mes coquins donnèrent une saccade en arrière. Taupin et moi nous roulâmes sur le sol détrempé par l'averse.

Je ne sais pas ce qui serait advenu sans Joson Menou : car j'étais tombé très malheureusement, le dos tourné à la grande route, et ma jambe droite restait engagée sous la panse de Taupin. Avant que j'eusse essayé seulement de me relever, mes quatre Hurons de la forêt de Rennes m'entouraient en poussant des *rrrrou* de triomphe.

Le plus preste d'entre eux et moi nous tendions la main à la fois pour saisir un pistolet dans ma fonte, quand j'entendis derrière moi un sonore « Foi de Dieu ! » et la main noire du charbouniâs craqua, broyée par le bâton de mon page.

Les trois autres amoureux de ma valise se réunirent aussitôt contre lui : deux d'entre eux avaient aussi des bâtons; le troisième, qui était notre connaissance Langourlâs, tenait sa *tuette* par le canon et la brandissait comme une masse d'armes.

Mais, comme Joson Menou me l'avoua subséquemment, ils auraient été trente au lieu de trois, et ils auraient eu de l'artillerie avec eux, que les choses se seraient passées tout de même.

Joson, après avoir visité la sainte Vierge de Saint-Sauveur de Rennes, s'était mis à me chercher par la ville. Ne me trouvant point, il avait franchi la grille de la halle aux grains, et s'était endormi commodément sur un sac de farine. Son retard venait de ce qu'on l'avait arrêté au matin dans cette chambre à coucher illicite.

Mais le hasard voulut que le garde de ville chargé de le mener en prison était le beau-frère du sonneur de Sainte-Croix de Quimperlé, dont la femme cousinait avec la chaussetière du gros bourg de Ploemeur; qui était la propre nièce du bedeau de la paroisse de Kerantrech-lez-Lorient, duquel la fille cadette avait épousé en secondes noces Yvonne la Bancale, veuvière du défunt propre oncle de Joson Menou.

Alors, au lieu d'aller en prison, en avant le cabaret! Joson avait lampé sa moitié de sept pots de cidre dur, en mangeant une bidouillée de couenne.

— Et quand un gars de Pendor a du quoi dans le ventre, déclara-t-il en achevant son récit, ça n'est pas toute la ville de Rennes avec la campagne aussi qui l'empêcherait de faire à son idée.

La vérité est que Joson Menou cassa la tuette de

Langourlâs et sa tête, qu'il enfonça les côtes du charbouniâs, qu'il estropia les deux autres et me remit sur Taupin.

Comme dépouilles opimes, il emporta quatre eustaches
de deux sous chacun, quatre poches à tabac et la corde.

Et pendant que je reprenais mon assiette sur la selle,
il cria :

— Hie ! Taupin ! vieux bouc !

Puis il continua son refrain juste où il l'avait laissé :

> .....Sans manger brin ni boir' goutte,
>   Et je li porterai
> Le plus beau bouquet qu'j'aurai !
> On n'en meurt pas pour un' chopine,
> Ou deux, ou trois au cabaret :
> La femme dirait ce qué voudrait
> Quand j'serais l'époux de Catherine...
> Mais faudrait trouver un trésor,
> Toute un' marmitée de pièc' d'or !

— Hie ! Taupin ! gredin ! Vous n'avez toujours rien
de démis, monsieur le chevalier? Ça vous reva-t-il un
petit peu? Mais d'où donc vous reveniez par c'te sente-
là, qui n'était point votre route?

— Joson, répondis-je, ranimé déjà par le bon vent
qui me fouettait au visage, je viens de chercher le trésor.

— Le trésor ! qué trésor?

— Celui que tu demandes à la bonne sainte Anne
d'Auray.

— Fils de chien ! (c'est pas de vous que je parle, monsieur le chevalier), vous ne mentez point, sauf respect?

— Pousse le bidet, Josille. Je t'en dirai plus long quand
nous serons hors de la forêt.

— Et vous me montrerez le trésor?

— Et tu en auras ta part, si tu veux.

Jean *houppa* si haut et si large, que Taupin dressa les oreilles et se mit à hennir.

— Tu vas galoper, toi ! lui cria Joson, ivre d'allégresse, ou tu diras pourquoi ! Allume un trésor ! J'n'en ai jamais vu tant seulement la queue d'un ! Hie ! bourrique ! Un trésor ! Embarque ! Ah ! dame ! ah ! dame ! j'avais brûlé un cierge à sainte Anne ! Nage donc ! Un trésor !

> Y sont les gas de la basse Bretagne :
>   Tant qu'ils sont saoûls,
>   Ils se cassent le cou;
>   Tant qu'ils sont bêtes,
>   Ils se cassent la tête...

Saint Jésus ! sainte Vierge ! sainte Anne ! Vas-tu tricoter du jarret, à la fin, grenouille ! Vive le roi ! et la reine ! Le v'là parti, dites donc, monsieur le chevalier ! Et houp ! je vas le suivre à cloche-pied, si je veux ! Un trésor ! Digue digue don ! Litra lilantaire ! C'est la bidouillée de couenne de lard et les sept pots qui nous a porté bonheur ! Ah ! dame ! j'm'amuse !

Et pourtant, je l'ai dit, Joson Menou n'était pas un bavard.

Mais l'idée du trésor le rendait fou.

Entre chaque exclamation, il prodiguait à Taupin quelque encouragement, sous forme de coups de pied ou de trique. D'ailleurs, je crois que Taupin sentait aussi le trésor.

Le fait est que la fringale de Joson le gagna peu à peu : il prit le galop, secouant ses oreilles, soufflant des naseaux et jetant au vent sa crinière mal peignée.

Alors la longue route, montant et descendant les côtes

raides entre la double haie de chênes, put voir une course véritablement fantastique.

Taupin, cahotant, soufflant, ruant, allait comme si le diable eût été à ses trousses. Moi, je me retenais des deux mains au pommeau de la selle, énervé que j'étais par le rire.

Et, non plus derrière, mais devant, Joson Menou gambadait furieusement, tantôt faisant la roue, tantôt exécutant avec son pen-bas de prodigieux moulinets : il lançait en l'air son petit paquet, qu'il rattrapait à la volée; ses sabots, plaintives castagnettes, claquaient; ses cheveux se déployaient comme un étendard; ses bras se démenaient, ses jambes se tortillaient. Il dansait, il suait à grosses gouttes, il criait, il chantait; et Taupin, malgré son émotion manifestement réveillée, ne pouvait que le suivre de loin.

Si cette lutte folle avait duré dix minutes de plus, le misérable Taupin, dont les flancs frémissaient entre mes jambes, serait mort à la peine.

XIV

QUATRE-VINGT-SEIZE MILLE SOUS DE SOUS !

Et tout cela pour le trésor ! pour voir le trésor plus vite ! Nous sommes de bonnes gens en basse Bretagne, mais nous aimons diantrement l'argent.

Il y a chez nous une chanson à l'air plaintif et doux ; jamais on ne l'oublie quand on l'a entendue une fois ; la mélodie en est si large et si pure, que les étrangers se disent en l'écoutant : « C'est la voix d'un noble pays ! »

Les étrangers se disent cela d'autant mieux qu'ils ne comprennent point le sens des paroles adaptées à cet air national. C'est une poésie en langue gaëlique.

Elle doit être bien attendrissante, cette poésie ! car j'ai vu cent fois, à Paris et ailleurs, les soldats bretons pleurer en l'écoutant, absolument comme des Suisses exilés fondent en larmes au son de leur fameux *Ranz des vaches*.

Les gens de France commencent à fredonner ce chant merveilleux, qu'ils appellent *l'Ananigous*, en dénaturant un peu le début du premier vers celtique. Sous le mystère de ce langage inconnu, ils devinent bien la plainte d'amour ou le cri qui appelle la patrie...

Je vais vous révéler un secret. Le mot qui mouille les yeux de nos exilés de Bretagne écoutant le soupir lointain du pays, ce n'est ni patrie ni amour; c'est ARGENT.

Dès le premier couplet de *l'Ann-hinigoz*, on voit un jeune gars entre deux femmes, dont l'une est riche et l'autre pauvre. C'est le jeune gars qui parle, et il dit :

> La jeune est bien jolie,
> La vieille a de l'argent :
> La vieille est ma douce amie,
> Ah ! oui, vraiment !

Et la fin vaut le commencement, et le milieu est digne des deux bouts.

Moi, je trouve qu'en écoutant cela, les fils de la fière Armorique ont cent fois raison de pleurer — de honte.

Mais, après tout, l'argent est si rare dans cette pauvre contrée ! L'homme est fait ainsi : son rêve va toujours vers ce qu'il n'a pas.

J'ai vu ces amoureux de l'argent, à l'heure de la passion et du dévouement, se déchirer stoïquement le cœur, et prodiguer à pleines mains l'épargne amassée sous à sous.

Oui, je l'ai vu; mais c'est égal : ce ranz des écus déshonore la Bretagne...

J'eus beaucoup de peine à calmer l'exaltation délirante de Joson Menou. Comme il arrive toujours, la gymnastique désordonnée à laquelle il se livrait avait déterminé en lui une belle et bonne crise d'ivresse. Tout Breton ivre insulte les Anglais d'abord et les Français ensuite. C'est dans le sang.

Joson défia les Anglais. Il en demanda vingt, trente, cinq cents, quatre-vingt mille, pour lui barrer la route.

Et quand ils furent venus à son appel, il passa au travers en moulinant du bâton comme un possédé.

Après quoi, mettant à profit les connaissances historiques que mon oncle Le Bihan épandait autour de lui, Joson évoqua la duchesse Anne. Elle vint comme les Anglais, et Joson la battit plus dur que plâtre, en prévenant les Français qu'ils pouvaient, s'ils le voulaient, arriver au secours de la coquine.

Les Gallos (Français) ne se firent pas prier. Joson en compta plus de cent mille, et les tua tous en les traitant de *cochonnailles*.

Quand nous eûmes dépassé les derniers arbres de la forêt, je lui dis :

— Maintenant qu'il ne reste ni Saxos ni Gallos, marche droit, mon bonhomme, et fais honneur à la paroisse de Guidel !

Ce commandement fut pris au pied de la lettre par Joson, qui passa ses deux mains dans ses longs cheveux mouillés pour les rejeter en arrière. Il modéra en même temps son allure, jusqu'à prendre un trot digne et régulier.

Par intervalles, il houpait bien encore un peu, mais c'était pour faire honneur à la paroisse de Guidel.

Et tous les cent pas, il se retournait, demandant :

— C'est il bien vrai tout de même que vous l'avez d'avec vous?

Sous-entendu : le trésor.

Je répondais affirmativement.

— Et quand c'est-il qu'on va le visager à la fin des fins?

— A Vitré.

— Ça va bien.

Une fois, il ajouta :

— Si c'est que nous rencontrons une autre Sainte-Anne d'ici Paris, je lui en brûlerai un gros de dix sous, je ne mens pas !

La brune tombait quand nous fîmes notre entrée dans la ville de Vitré, qui était déjà moisie du temps du déluge. Je ne sais pas pourquoi, en Bretagne, le déluge ne monta pas bien haut. Vitré est situé sur une montagne. Mme la marquise de Sévigné explique quelque part que l'eau s'arrêta au bas des murailles de la citadelle, et que Vitré, perdant cette occasion unique de nettoyage, devint le refuge de toutes les petites bêtes de l'univers.

Nous savons qu'il en restait à Rennes.

Les grands peintres tirent plus d'effets de la souquenille d'un mendiant que du velours tout neuf qui drape les épaules d'un gentilhomme. C'est la revanche de la vieillesse et de la misère. Je ne connais pas de tableau plus frappant au monde que Vitré, relique féodale, ameutant au soleil couchant la cohue de ses antiques masures, qui grimpent tumultueusement à l'assaut de sa montée. Le château, ce noir géant, dont les créneaux vomissent des cascades de gueules-de-loup et de giroflées, parle si énergiquement des siècles passés, que l'on croirait voir un revenant de la croisade ; et l'aiguille dentelée de l'église jaillissant parmi les sombres toitures, semble seule pâle, au milieu des myriades de rubis que le dernier regard du jour allume à tous les petits carreaux de la ville.

Car Vitré s'éclaire encore à travers des myriades de menus morceaux de verre reliés avec du plomb. Les maisons de Vitré ont toutes des porches vermoulus, sous lesquels les ouvrières habiles gagnent deux sous et demi par jour à tricoter des bas de laine. Le prix d'une paire de veaux y est de trois livres.

En quittant Vitré, on n'a que deux lieues à faire pour

entrer en France, où Mme du Barry dépense quarante pistoles à chacun de ses déjeuners.

Joson Menou mit ses sabots à ses pieds pour monter la grande rue, dont j'ai oublié le nom. Il portait le bâton sur l'épaule. On voyait bien que c'était un conquérant.

Comme il me dit lui-même, c'était la troisième fois qu'il chaussait ses sabots depuis douze ans qu'il les avait.

Je choisis une bonne petite auberge, à mi-côte, sur la place de l'église. Je commandai des draps propres, que je fis étendre sous mes yeux, et je traçai moi-même le menu de mon souper. Mon opinion était que j'avais bien gagné ma grasse nuit.

Pendant que mon rôti cuisait, je m'enfermai avec Joson pour accomplir ma promesse : il s'agissait de lui montrer le trésor.

C'était dans une chambre étroite et haute d'étage, qui formait à elle seule l'intérieur d'une tourelle. On nous avait donné une chandelle de résine, qui pétillait plus qu'elle n'éclairait. A travers le réseau de plomb d'une longue fenêtre ogive en forme de meurtrière, on apercevait encore les lueurs crépusculaires.

L'instant était assurément solennel.

Je tirai de ma poche le boursicot de cuir.

Joson était debout auprès de la table, l'œil écarquillé, les poings fermés convulsivement. J'ai vu des gens qui se tenaient ainsi à quatre au moment de subir une opération chirurgicale.

Joson attendait. Je n'essayerai même pas d'exprimer à quel point il était ému.

J'entendais les battements de son cœur dans sa poitrine. Ses narines gonflées ne pouvaient ouvrir un passage assez large à la tempête de son souffle.

Je renversai le boursicot sur la table, et les deux cents louis d'or s'en échappèrent à la fois, rendant une musique jolie.

Joson éternua une explosion.

Mais ce fut tout. J'avais imaginé de bien autres transports.

— Quoique ça, me dit-il, monsieur le chevalier, ce n'est pas le bout du monde. Combien qu'il y a?

Et quand j'eus chiffré la somme :

— Combien que ça fait de gros écus?

— Huit cents pièces de six livres.

— Mâtin! gronda Joson. Et des petits écus?

— Seize cents.

— Nom de nom! Et des pièces de trente sous?

— Trois mille deux cents.

— Ventrebleu! Et des piécettes de quinze sous?

— Six mille quatre cents.

— Tonnerre de Landerneau! tout de même, je voudrais voir ça en piécettes de quinze sous! Mais vous ne sauriez me compter combien que ça donne en « sous de sous », monsieur le chevalier, c'est sûr et certain?

Je répondis après avoir calculé sur mes doigts :

— Juste quatre-vingt seize mille.

Joson se mit à genoux pour être plus à son aise.

— Alors, dit-il, fils de toute la paroisse! (c'est pas de vous que je parle), je vas aller les changer pour voir le tas!

— Tu ne pourrais pas en porter la moitié, mon pauvre Joson.

Il reprit l'air qu'il avait en tuant les Anglais et les Français sur la route.

— Qui ça! moi? Failli chien! (je ne parle point de vous), n'y a point assez de sous dans toute la terre pour me dépasser ma charge, vingt petits bons dieux ! aussi vrai comme mon baptême ! Mais vous avez raison tout de même, rapport à ce que je n'aimerais point les traîner comme ça jusqu'à Paris.

— Qu'est-ce que tu veux là-dessus, Joson? demandai-je.

Il réfléchit un instant, et dit avec défiance :

— Donnerez-vous ben un gros écu, Monsieur le chevalier?

— Ce n'est pas assez. Prends dix louis.

Joson secoua la tête lentement et se gratta l'oreille.

— Quoique ça, murmura-t-il, j'ai bien confiance en vous, monsieur le chevalier; mais, dame ! l'argent est l'argent, et c'est blanc, n'y a pas à dire non.

Je pris au fond de ma poche le second écu de six livres de mon oncle Le Bihan et ce qui me restait du premier. Les yeux de Joson brillèrent.

Quand je lui mis le tout dans la main, il bondit sur ses pieds et se prit à danser tout autour de la table.

Évidemment il ne croyait pas à l'or, cet avare bas Breton !

La servante de l'auberge et un marmiton entraient, apportant mon souper, qui embaumait la bonne gargote.

Le marmiton me dit :

— Bonjour, not'maître, et chez vous !

La servante, qui était une jolie courtaude de Vitriâse aux larges pommettes, au nez retroussé, me demanda dès le seuil :

— C'est-il vous qu'a nom Kéramour, de vot' nom que vous vous nommez?

Je répondis affirmativement, étonné que quelqu'un eût pu lui dire mon nom si loin de chez nous.

— Et c'est-il vrai que vous est un chevaliais?

— Ah ! dame ! observa Joson, de c'côté-ci on n'parle point ben du tout !

— Alors, dit la Vitriâse, quand j'eus affirmé mon titre, v'là une écriture qu'est pour vous, je ne mens pas, qu'on m'a dit de vous la donner donnant.

Elle tira de dessous la piécette de son tablier un gentil billet, qu'elle mit sur la table. Ma surprise redoublait.

Le marmiton me dit avec respect, mais d'une voix qui cassait les vitres :

— J'ai apporté le piché de cidre; mais si c'est que vous êtes un chevaliais, vous boirez ben une pinte de vin, faut pas mentir.

XV

LE SECOND « CYGNE DE LA CROIX »

C'est déjà bien près de la Normandie, quand on a passé la forêt de Rennes. Je ne pense pas qu'il y ait dans l'univers entier un seul pays où les formules du langage populaire contiennent plus de sages précautions contre le mensonge. A la moindre question, vous recevrez, avec la réponse, le conseil de ne jamais tromper votre prochain. Quand ils se demandent entre eux l'heure qu'il est, la réplique est longue, mais pleine de loyauté. Ils disent :

— Sûr et vrai, c'est péché mortel de mentir, il est 9 heures approchant, aux environs, qui va sonner, m'est avis, ou qui a sonné, tout au juste, de d'puis un p'tit de temps, si ce n'est pas 10 heures, faut dire la vérité ailleurs qu'à confesse, pour l'amour de Dieu !

Au moins vous êtes fixé. Et voilà une contrée sincère !

L'adresse du billet mignon apporté par la Vitriâse était ainsi conçue :

« Au chevalier de Keramour, à l'auberge du Cygne de la Croix. »

— Mais c'est à Rennes, m'écriai-je, que j'ai couché à cette auberge-là !

— Oh ! là là ! fit le marmiton en se tenant les côtes, on voit ben qu'il n'est point de Vitrais, car il n'a point guère d'esprit, c'chevaliais-là !

Joson l'attrapa par une oreille. L'infortuné avait cru parler tout bas ; mais on l'aurait entendu de la rue, à travers la porte fermée.

La servante disait pendant cela :

— V's êtes donc censé innocent de n'avoir point regardé l'enseigne. Y a Cygne de la Crais et Cygne de la Crais, je n'saurais mentir. Le nôtre est le bon : qu'on y cuit des tripes jusque pour Fougères ! V'là le règlement, de même, de la maison.

Son doigt me désignait un papier gras, collé en dedans de la porte, et qui disait :

« Au Cygne de la Croix de Vitré, sur la place de Vitré, à Vitré, chez femme veuve Luminais, née Fouaillais, on recommande la propreté :

« 1º De ne pas cracher comme des marsouins à la carrée (ciel) de son lit ;

« 2º D'aller oùs qu'il faut aller... (le reste de la phrase était un commentaire d'une clarté angélique) ;

« 3º Ceux qui demandent des draps de lit, de ne point coucher avec leurs sabots. »

C'était tout. Le Cygne de la Croix n'en exigeait pas davantage.

Je fis mes excuses à la Vitriâse, et je la renvoyai ainsi que le marmiton, avant d'ouvrir le billet.

Le billet n'avait qu'une ligne et disait :

« C'est demain dimanche. Un chrétien ne se met jamais en route sans avoir entendu la grand'messe. »

L'écriture, élégante et fine, m'était inconnue.

Du reste, il faut que je l'avoue, je ne connaissais pas beaucoup d'écritures, hormis celles des contrats où j'avais appris à lire.

Il y avait bien le registre de mon oncle Le Bihan; mais ce prétendant au trône de Bretagne, quand il voulait prendre des notes, trempait sa plume dans le pot au cigare.

Que diable voulait dire ce billet?

Il y avait donc à Vitré quelqu'un qui me connaissait !

J'étais trop neuf. Je n'avais point ce qu'il fallait pour deviner une énigme de ce genre. Je restai si longtemps pensif, que Joson s'impatienta et me dit :

— N'empêche que le fricot se refroidit.

— Prends ta part, mon garçon, et mange-la, répondis-je.

Depuis sa belle conduite dans l'affaire du piège aux écus, je le regardais bien plus comme un ami que comme un domestique; mais Joson n'entendait pas de cette oreille-là.

Il approcha une chaise de la table, et, me montrant ma place d'un doigt sévère :

— Je suis pour servir monsieur le chevalier, déclara-t-il presque sèchement, jusqu'à ce qu'il me donne mon compte, et je ne l'ai pas mérité. Seulement, ça me ferait plaisir que monsieur le chevalier mangerait au lieu de bêtiser, rapport à ce que j'irai souper à la cuisine à mon tour.

Je m'assis aussitôt, obéissant à un souhait si légitime. Tout le temps de mon repas, Joson se tint debout derrière moi.

J'ai du plaisir à déclarer que le fricot du Cygne de la Croix vitriais était d'excellente ratatouille. On vit très bien là-bas. Les boisiers et les marchands de petits chevaux sont des gourmets. J'ajoute que les gars de Vitré sont connus, même à Paris, pour faire les meilleurs soldats de France et de Navarre, quand une fois ils ont changé de croûte.

Quand j'eus fini, rien ne put déterminer Joson à prendre ma place. Après m'avoir débotté, il emporta la desserte et s'en alla où il voulut.

Je me mis au lit dans des draps assez blancs et qui sentaient, ma foi, la violette. Je fermai les yeux en appelant le sourire de Viviane, qui rayonna aussitôt dans mon rêve.

Mais derrière le frais visage de ma petite cousine, je voyais flotter les beaux cheveux de l'amazone, et j'apercevais, derrière encore, quelque chose de vague, d'inconnu et de très joli pourtant, qui se rapportait au mystérieux billet.

Car, tout novice que j'étais, je ne pouvais manquer de penser qu'il y avait une femme au fond de cette charade.

Je m'endormis, comme un bienheureux, en compagnie de mes trois rêves.

Le lendemain matin, toutes les cloches de Vitré m'éveillèrent. L'air est vaste; et néanmoins comment peut-il contenir à la fois tant de sons bourdonnants, glapissants ou fêlés? Jamais je n'aurais cru qu'il y eût ici-bas un pareil nombre de cloches, ni que les cloches pussent avoir une pareille variété de voix : il y en avait qui vagissaient, quelques-unes semblaient rire, le plus grand nombre pleuraient à chaudes larmes.

Et toutes criaient, mêlant effrontément les tonalités les plus ennemies : par-dessus les beuglements du bourdon, les mères cloches toussaient; par-dessus encore, les carillons des couvents s'égosillaient; et encore, par-dessus, à des hauteurs impossibles, des clochettes, perchées je ne sais où et bavardes comme des pies, sifflaient, piaulaient, grinçaient et sciaient.

C'est très beau un jeu de cloches entendu d'un peu plus loin; mais, miséricorde! il y en avait trop à Vitré. Je me bouchai les oreilles, craignant de devenir sourd ou fou.

Juste à ce moment, Joson Menou se précipita dans ma chambre, ivre d'admiration et possédé par une espèce de transport.

— Y en a de belles et de fortes à Guidel, s'écria-t-il, et à Lorient aussi, j'en suis sûr! Mais c'est-il assez bravement mignon par ici, dites donc, monsieur le chevalier, que les oreilles en saignent! Dondon, dandan, dindin, dondan, dindan, dog, dog, drelingue, drelingon! Doûm, doûm, doûm! di di di di di di! din! di dan doûm! di dan dôme, dêc, dêc! Et l'enrouée, là-bas : deûm! deûm! et la flageolette : dzic! dzic! et celle qui brait : dihan! dihan! Oh misère du bon Dieu! maman, j'm'amuse-ti pour plus d'un sou marqué, dans c'pays-là!

Il faisait, à lui tout seul, autant de tapage que tous les clochers réunis.

Je lui donnais mes pieds à chausser. Il ajouta :

— V'là quéque chose qu'est tout de même étonnant, monsieur le chevalier. J'ai pansé Taupin, comme de juste, et, en sortant de l'écurie, j'ai vu un de ces brigands de là-bas : celui que j'ai assommé le premier.

— Et t'a-t-il reconnu?

— Je ne sais point.

— Vous êtes-vous parlé?

— Pas beaucoup. Je lui ai dit comme ça : « Est-ce toi, chat-huant de piver? » Et il m'a répondu, disant : « Non fait, rien en tout, c'est un autre, je ne mens pas, mon bon chrétien. »

— Et après?

— Il a dévalé... Mais que c'est donc hardi plaisant à ouïr toutes ces chaudronnailles de clocheries, monsieur le chevalier ! Si j'étais riche, je m'en ferais jouer tant que ça pourrait sans les casser. La grosse doûm doûm vous éclaboucre tout dans le fond de l'estomac ! Ah ! dame ! j'm'amuse assez ! pour ça, oui, j'm'amuse !

— Joson, lui dis-je, nous ne sommes pas encore bien loin de la forêt : veille où tu mettras le pied dans Vitré.

— Ils n'ont qu'à y venir, monsieur le chevalier, s'ils veulent être rassommés, et plus mieux que l'autre fois ! Don dan din dog ! on dirait que celle-là houpe ! J'n'aurais point peur de cent hommes ni d'embarras ! Je n'dis point tout c'que j'peux, je n'dis point non plus tout c'que j'ai ; mais vous verrez que vous avez un malin gars avec vous à vot'service !

Il cligna de l'œil et reprit :

— Est-ce qu'on va repartir dès à ce matin?

— Certes, répondis-je.

— C'est que je n'm'en irai point avant d'avoir vu leurs chapes, dans un pays où les cloches sont braves de même. Vous n'avez qu'à partir et à trotter : je vous rejoindrai. Je n'dis point tout ce que j'peux ! Ah ! dame ! non !

Tous les bas Bretons sont vantards ; mais j'avais toujours connu Joson Menou pour un garçon calme et taciturne : le voyage me l'avait terriblement changé.

Ses dernières paroles me remirent en mémoire le mystérieux billet de la veille, auquel je ne pensais plus.

Il était 7 heures du matin. En définitive, je ne manquais jamais la grand'messe au bourg de Guidel. De plus, maintenant que j'étais riche, il fallait mettre mon équipage à la hauteur de ma fortune. Je déclarai que nous partirions après midi.

En descendant, nous rencontrâmes la servante et le marmiton qui se faisaient l'amour à grands coups de poing dans le dos. La servante avait nom Mêto, qui est une abréviation de Guillemette. Le marmiton s'appelait Biju (pour Bijou).

Ils me dirent tous les deux à la fois en manière d'excuse :

— C'est dimanche : on peut drujer (jouer).

— Y a-t-il un fripier par ici? demandai-je.

— Quéqu'c'est qu'ça, not'maître? Bonjour tout de même, et chez vous !

— J'entends un revendeur d'habits.

Mêto me répondit :

— Je n'mens point, c'est dimanche : M. Chupiâs-Mouniâs est fermé à barres.

Mais Biju ajouta :

— Donnerez-vous ben six liards?

— Pourquoi faire?

— Pour aller dire comme ça au guenilloux de vous ouvrir sa porte.

— On va partager, s'il les donne, suggéra Mêto.

— Ah ! mais non fait ! riposta l'amoureux Biju avec énergie.

Séance tenante, il fut payé par une « calotte » qui domina le bruit de tous les carillons.

— Oh ! dame ! oh ! dame ! dit Joson Menou, la bonne tape !

Je donnai deux sous à chacun, et ils s'élancèrent ensemble dans la rue en avant de nous. Mais Mêto eut un coup de pied.

Biju se retourna pour me dire :

— C'est dimanche : on peut drujer.

L'instant d'après, grâce à la protection de nos amoureux, j'étais clandestinement introduit dans la plus belle boutique de guenilloux qui fût à Vitré, dont l'enseigne portait : Chupiais-Mouniais, successeur de Fouinais-Barouillais.

En me quittant, Mêto me glissa à l'oreille :

— La dame est déjà levée, je ne mens pas, et habillée et tout.

XVI

COMMENCEMENT DE LA GRAND'MESSE

J'aurais bien voulu interroger Mêto; mais elle était partie, fourrant ses deux mains dans ses sabots pour mieux *flauper* sur le tendre Biju. C'est dimanche. Et c'est l'amour.

Elle avait dit : « La dame est déjà levée. »

La dame au billet.

Mon aventure avait donc couché sous le même toit que moi?

M. Chupiais-Mouniais, qui avait l'honneur d'être le premier fripier ou guenilloux de la ville de Vitré, demeurait dans une manière de cave, où les guenilles, en effet, ne manquaient pas, mais qui contenait aussi quelques effets d'assez bonne tournure.

Le pays de Vitré est très abondant en hobereaux qui poussent la passion des jeux de hasard jusqu'à la rage. Partout où l'on joue, les usuriers et revendeurs font leurs affaires.

— Je ne vends jamais le dimanche, me dit M. Chupiais: si vous avez besoin, il faudra payer plus cher.

— Ça, ça se doit, remarqua Joson, qui était un casuiste.

— Je voudrais d'abord, répondis-je, habiller ce brave garçon-là.

— Qui ça? moi! s'écria Joson en faisant un saut de côté. Ah! dame! je ne veux point! Je suis né dans mes hardes, j'y resterai!

La boutique était éclairée par une chandelle, à cause de la fermeture des volets. M. Chupiais prit le flambeau, et l'approcha tout contre le visage de Joson Menou pour le considérer mieux.

Joson ferma les poings, mais M. Chupiais lui dit avec bonté :

— Mon fils, j'ai un *pouillement* qui vous ira comme le beurre sur le pain. Tenez, voici les bottes.

Il éclaira une monstrueuse paire d'écuyères, qui devaient chausser un homme de taille moyenne jusqu'au ventre.

J'avoue que la pensée d'avoir un page ainsi botté me flatta. Joson lui-même fut visiblement émerveillé.

— Pour vrai, dit-il, c'est de belles pièces! Est-ce qu'on peut marcher d'avec?

— A cheval, oui, répondit M. Chupiais.

Pour avoir les bottes, Joson accepta un compromis, il se laissa mettre un habit de livrée par-dessus son costume bas breton, auquel il tenait comme à sa peau.

Moi, j'achetai des chausses presque neuves, un chapeau à petit plumail, un jabot et des manchettes de dentelle.

— Et maintenant, dis-je, il me faudrait un bon cheval.

— C'est dimanche, objecta M. Chupiais.

— Je payerai ce qu'il faudra.

— Comme de juste. Et je mets le péché sur votre conscience, jeune homme.

Il me vendit son propre cheval avec la selle et la bride, disant qu'il ne voulait induire à mal ni le maquignon ni le bourrelier. J'eus ainsi pour une quarantaine de louis ce qui valait bien trente pistoles.

Et je me dirigeai vers l'église au moment où toutes les cloches de la ville, formant une délirante cacophonie, sonnaient la grand'messe à double volée.

Joson me suivait dans ses bottes. Nous produisions de l'effet, surtout mon page, dont les éperons avaient six pouces de long. Il faisait les gros yeux aux femmes qui le regardaient de trop près, et ne se gênait point pour leur dire à haute et intelligible voix:

— Eh! que me voulez-vous? Qu'êtes des défrontées.

Dans la grande et belle église, la foule des fidèles était rassemblée déjà, savoir : les gentilshommes et les dames, dans les tribunes et aux premiers bancs fermés, surélevés de deux marches; les bourgeois titrés par charte royale (ils sont quarante bourgeois de Vitré) et leurs familles, aux bancs du second rang, élevés d'une marche et fermés également; aux bancs ouverts, la menue bourgeoisie; les femmes de peu, sur les tréteaux; les hommes, debout ou accroupis au bas de la nef.

Les deux premières figures que je vis en entrant furent, celles de M. le Vicomte de Saint-Pierre et de sa femme. Le vicomte, qui avait justement ses doigts dans le bénitier, me salua d'un air de connaissance et m'offrit de l'eau bénite avec tout plein de courtoisie. La vicomtesse Catiche, au contraire, me rendit mon salut cérémonieusement.

Mais son sourire espiègle était tout au fond de ses yeux, et je ne cherchais déjà plus l'auteur du billet.

Bien entendu, elle n'avait plus son costume d'amazone.

A Guidel, nous ne sommes pas des juges très compétents

en fait de toilette; mais la jeunesse a un instinct dès qu'il s'agit d'élégance et de beauté. A vingt ans, on devine une Parisienne, même quand on n'a jamais vu que des fées de basse Bretagne. La toilette de la vicomtesse me sembla exquise.

Je m'étais avancé seul dans la nef. Joson restait avec ses bottes aux environs de la porte. L'apôtre Saint-Pierre m'offrit galamment une place dans son banc. J'allais dé cli nercet honneur, quand un regard de Catichem'ordonna d'accepter.

Le banc de M. et Mme de Saint-Pierre n'était point placé parmi ceux de la noblesse. C'était le premier du second rang à droite. Il portait cette inscription en lettres de cuivre : « Hédou, Chaillais, Saint-Pierre, titrés de Roy, an cinquième du règne de Sa Majesté (Louis XIII), confirmés bourgeois de Vitré, 5, 6, 7, A. D. 1688. »

Tous les autres bancs du second degré avaient des inscriptions analogues. Personne n'ignore en Europe que cette institution des bourgeois de Vitré date de Louis XII, second mari de notre duchesse Anne. La coquine, pour parler comme mon oncle Le Bihan, se fournissait de bas de laine chez maître Loupiais-Chouniais, échevin des tricotiers jurés. Ce galant homme ayant inventé un point surmaillé qui serrait le bas de chausse au-dessus du genou, madame la reine fut si contente, qu'elle récompensa en bloc tous les chaussetiers de Vitré.

Il y a trente-neuf bourgeois de Vitré; le roi de France est le quarantième. Le dauphin succède de plein droit. Quand un titre vient à extinction, le roi nomme par patentes du sceau.

En 1688, la chambre de vérification au parlement de

Rennes jugea contre les bourgeois de Vitré, qui voulaient introduire leurs preuves dans l'armorial de Bretagne; mais la même haute juridiction confirma leur titre, qui est « vénérable et prudente personne ». M. d'Hozier constate qu'ils ne sont pas grevés de la taille et qu'ils ont droit de tiers dîmage.

Pour privilèges, ils marchent en toutes processions après les chevaliers, pêle-mêle avec les écuyers de lignée ou de création; le roi leur écrit « mon amé et discret », ils portent l'épée (quoiqu'il paraisse que l'aiguille à tricoter serait de meilleure mise), et attendent le salut de MM. du présidial.

J'espère que le lecteur me saura bon gré d'avoir rassemblé ici des détails, aussi utiles qu'authentiques.

Naturellement, le vicomte me fit entrer le premier dans le banc, comme la politesse le voulait; puis vint Mme la vicomtesse, de sorte que je me trouvai placé auprès d'elle.

De l'autre côté de moi se trouvait un gros bonhomme, coiffé d'un abat-jour vert, et qui chantait comme un tonnerre. Son banc était marqué ainsi : « Hédou, Hédou de Pelhédou, titrés de Roy, etc., 8, 9, A. D. 1688. »

Il m'était impossible de voir ce qu'il y avait au delà du bonhomme.

Certes, il y avait quelqu'un : car la vicomtesse, un instant après notre arrivée, s'était penchée pour saluer en souriant.

Quand elle se releva, elle prit un livre d'heures dans le pupitre du banc, et me l'offrit en disant :

— Le pays n'est pas bon pour vous. Il y a eu un homme de tué hier dans la sente; deux autres sont blessés : défiez-vous de M. de Saint-Pierre.

Puis, faisant mine de changer contre un autre le

livre de prières qu'elle m'avait proposé d'abord, elle ajouta rapidement :

— Regardez à votre droite. Ces gros hommes sont transparents, quand on y met de la patience et de l'adresse. Tâchez de voir au travers : votre fortune est à deux pas de vous.

XVII

DIEU VOUS BÉNISSE !

Mes yeux interrogèrent Mme la vicomtesse; mais, après m'avoir remis le livre d'heures, elle s'était agenouillée et semblait prier dévotement.

Je dois dire que les dames de Vitré paraissaient aujourd'hui partagées entre leur piété habituelle et un curieux besoin de regarder notre banc.

Les étrangers n'abondent pas dans cette vieille et noble ville. Beaucoup de jolis yeux louchaient en suivant l'ordinaire de la messe. Je me demandais si c'était moi qui semais la distraction dans l'église, ou si cette distraction avait pour objet principal les maîtres du banc où je recevais l'hospitalité.

Ni M. le vicomte ni Mme la vicomtesse n'avaient la tournure vitréenne. Ce dernier mot est de style archipur. On ne l'emploie qu'à l'Académie française de Vitré. Dans l'usage, c'est *vitriais-aise*, qui doit être prononcé *vitriâs-âse*.

Je l'ai dit déjà : quoique que je ne connusse pas du tout Paris, je sentais d'instinct que ces gens étaient de Paris.

Mais pourquoi avaient-ils un banc parmi ceux des bourgeois de Vitré?

Et qu'étaient-ils? La femme venait de m'engager à me défier de son mari !

Était-ce pour cela que la vicomtesse m'avait convoqué à la grand'messe au moyen du mystérieux billet?

Ou bien devais-je chercher le motif de son appel dans cette autre parole si étrange : « Votre fortune est à deux pas de vous »?

Là, de l'autre côté de mon gros voisin, ma fortune ! Sous quelle forme?

Je la désirais ardemment, la fortune; mais jusqu'à présent c'était pour la partager avec ma chère petite Viviane.

Les cœurs ne sont pas tous de la même capacité. Il y en a de très profonds et de très larges. Je n'ai pas à me plaindre du mien : il est de la bonne taille.

Je l'ai vu contenir cinq ou six affections à la fois : je dis des affections sincères.

Je n'ajoute pas, bien entendu, qu'elles fussent tout à fait du même genre.

Ainsi, je n'étonnerai personne en avouant que d'ores et déjà cette charmante vicomtesse avait dans mon cœur une bonne petite place. Je l'avais vue la veille pour la première fois, mais je la sentais mon amie — ma maîtresse, si ce gros mot est autorisé par l'innocence de nos relations.

Vivette était ma femme.

L'autre, — car je devinais encore une femme derrière l'immense bourgeois de Vitré dont les coudes obèses envahissaient mon banc, — l'autre était ma fortune.

Catiche le disait : ce devait être vrai. Voilà une affaire réglée.

Les gens qui sont appelés à bien connaître le monde, commencent par le deviner un peu, c'est certain. Pour moi, il y avait de l'aventurière dans Catiche. Loin de m'arrêter, ce vague soupçon attirait mon caprice. Elle me plaisait juste comme elle était. Je lui savais gré d'entraîner mes premiers pas vers un roman qui sortait de la route battue.

Et je ne saurais exprimer jusqu'à quel point je me fiais à la bizarre et subite tendresse qui l'attirait évidemment vers moi.

Toutes mes pensées partaient de cet axiome que nous étions, Catiche et moi, des alliés nécessaires, et que notre ligue, vieille comme le monde, était indissolublement nouée envers et contre tous.

Ainsi agenouillée, elle était délicieusement belle. Sa taille souple avait des grâces infinies, et rien n'était plus harmonieux que les lignes de son profil, demi-voilées par la fauve richesse de ses cheveux... Je me gênais bien un peu pour la regarder, car j'avais surpris M. le vicomte dardant sur moi des œillades assez équivoques.

C'était vraiment un fort joli homme, élégant de prestance, un peu fier de tenue, et qui pouvait passer pour le contraire exact d'un bourgeois; mais, à part même l'avertissement de Catiche, il y avait en lui quelque chose qui bridait ma sympathie.

Quoi? Je n'aurais pas su l'exprimer alors. Le vice laisse après soi plusieurs sortes de traces, et la dégradation ne se trahit pas toujours par les mêmes symptômes : il y en d'ignobles, qui sautent aux yeux; d'autres échappent à l'analyse, mais l'instinct les saisit, et rien n'est clairvoyant comme l'œil d'un naïf pour distinguer ces taches moins marquées.

Mais le vicomte, mais Catiche elle-même, n'étaient pas ma vraie préoccupation.

Je guettais avec une patience infatigable le corps obèse de mon voisin, pour saisir une occasion de « voir au travers », selon l'expression hardie de Catiche.

Était-elle jolie, *ma fortune*? ou laide? vieille ou jeune?

J'ai peur de vous faire rire, mais je l'aimais déjà ou bien peu s'en fallait.

Ne connaissant que Vivette et Catiche, je me la représentais entre les deux : plus blonde de teint et de cheveux, plus frêle aussi, surtout plus sérieuse...

Quand Joson Menou éternuait, c'était un terrible scandale. Il secouait les vitres. Vers le milieu de la messe, Joson, qui avait probablement trop chaud dans ses bottes, fit tout à coup explosion. La première clameur de son cerveau mit un trouble dans l'église. Cela commençait en hennissement, pour finir sur une note mugissante et véritablement triomphale.

Beaucoup de têtes se retournèrent. On ne savait pas ce que c'était. Vitriâs et Vitrâses voulaient voir quelle sorte d'animal s'était introduit dans le saint lieu. Joson Menou, qui était un très bon chrétien, et qui redoutait sa propre sonorité, voulut se retenir; mais mieux on bourre un canon, plus fort il détonne : le second éternuement éclata comme un Vésuve, faisant taire le serpent et les chantres.

Chacun a son nombre voulu. Joson ne s'y mettait jamais sans aller jusqu'à douze.

Au dixième, Vitré stupéfait tournait le dos à l'autel; au onzième, les doigts du clergé s'agitèrent, dessinant involontairement des signes d'exorcisme; au douzième, mon énorme voisin, M. Hédou de Pelhédou vira de bord en soufflant comme une baleine.

Catiche me toucha le coude. Je n'avais pas besoin de cet avertissement. M. Hédou de Pelhédou, fatigué de l'évolution qu'il venait de faire, s'accoudait au dossier de son banc comme à un balcon, et jouissait du spectacle offert par Joson, lequel, ayant parfait son nombre, pleurait à chaudes larmes et s'essuyait avec ses manches.

Mon regard passa par-dessus le dos monstrueux de mon voisin, et je vis *ma fortune.*

Elle était la seule qui ne se fût point retournée aux scandaleux excès de Joson Menou. Elle priait, agenouillée, la tête penchée légèrement au-dessus de ses mains jointes. Il n'y avait rien sur son pâle visage, sinon le recueillement de l'âme qui parle à Dieu.

C'était presque une enfant : un ange, bien plus encore qu'une sainte.

Elle portait le deuil. Ses belles mains longues, blanches et presque diaphanes, étaient d'une convalescente. Sous son voile noir, ses cheveux d'un blond perlé chatoyaient discrètement. Un rayon doux jaillissait de ses paupières à demi fermées.

Et, sur la pâleur exquise de sa joue, une larme, cher diamant où le reflet des vitraux mettait des nuances roses et azurées, descendait avec lenteur.

J'étais trop neuf ; je n'aurais pu exprimer à quel point la beauté de cette vierge m'apparaissait suave et presque divine. Maintenant, je suis trop vieux : je ne le saurais plus dire.

Hermine ! rêve triste et pieux, doux rayon qui éclaira, comme un regard du ciel, les pauvres tourments de ma jeunesse !...

Je ne la vis qu'un instant, mais je la revois toujours telle qu'elle était ainsi, agenouillée et priant avec un calme séraphique. Cet instant si court laissa dans la mémoire de mon cœur une trace qui jamais ne sera effacée.

— Comment la trouvez-vous? me demanda Catiche au moment où mon immense voisin s'y reprenait par trois fois pour détacher ses coudes de la balustrade.

Je tournai mes yeux vers elle, et je ne répondis point.

— C'est bien, dit-elle : je ne suis pas fâchée d'avoir joué ce tour-là à la petite basse Bretonne, là-bas...

— Oh ! j'aime toujours ma Viviane ! fis-je en rougissant.

Elle se mit à rire.

— A bon ordinaire, murmura-t-elle, quand il y a pour deux, on peut dîner trois.

Ses yeux noirs étaient, en vérité, splendides. Elle ajouta :

— Chevalier, je parie que vous m'adorez aussi un petit peu.

Je ne sais pas ce que mon regard lui répondit. Elle rougit à son tour.

En ce moment, une haute et intelligible voix s'éleva aux environs de la porte, disant avec un calme plein d'autorité :

— Ne faut point mépriser ceux qui éternuent. Ça vient quand ça veut, et je ne suis brin fautif. Si un quelqu'un veut me faire du chagrin, je vais l'arranger sur la place, dehors, après la messe, nom d'un petit bon Dieu vous bénisse !

C'était encore Joson Menou. Pour le coup, ma céleste vision tressaillit légèrement et ouvrit ses grands yeux, qui étaient d'un bleu franc et profond.

Il y eut dans l'église un mouvement presque tumultueux, dont Catiche profita pour me dire rapidement et très bas :

— Elle a seize ans, elle est orpheline. Elle se nomme Hermine de Bois-le-Roy. C'est la plus riche héritière du pays. Un grand danger la menace. Elle porte le deuil de son fiancé, qui a été assassiné la semaine dernière. Elle va partir aujourd'hui même pour...

Ici Mme la vicomtesse s'interrompt brusquement. Je suppose que l'apôtre Saint-Pierre lui avait pincé le bras ou donné tout autre avertissement amical.

Ce gentilhomme cligna de l'œil à mon adresse et murmura :

— Après la messe, après la messe...

Catiche s'était remise à genoux.

Moi, mon cœur battait à tout rompre. Je ne prétends pas qu'il faille beaucoup de choses pour le mettre en danse, ce pauvre cœur qui m'a joué tant de niches en ma vie; mais ici, du moins, on conviendra qu'il avait un motif raisonnable de se démener.

J'aurais donné une bonne part de mes louis d'or pour darder un second regard à cette adorable enfant, qui, à seize ans, était orpheline et veuve. Impossible. Le colossal bourgeois de Vitré avait reconquis sa position. Cet écran valait une montagne.

« Un grand danger la menace... » Ces paroles restaient autour de mon oreille. Vertubleu ! mon épée était vierge, mais je la sentais qui se trémoussait dans son fourreau !

Catiche avait dit encore : « C'est la plus riche héritière du pays. » Eh bien ! vrai, ce n'était pas à cela que je songeais. Il y avait Vivette...

Mais Vivette n'allait-elle pas être la femme d'un autre ?

Ah ! je ne peux pas me vanter d'avoir attentivement suivi cette grand'messe, la seule que j'ai entendue en la bonne ville de Vitré !

«Aujourd'hui même, elle va partir pour... » Pour où? M. de Saint-Pierre nous guettait désormais, Catiche et moi. Comment savoir?

XVIII

OÙ JOSON MENOU SE FÂCHE

Quand l'office prit fin, ma jolie vicomtesse me poussa le coude. Pendant que je lui rendais son livre d'heures, elle put me glisser ces mots :

— Il va vous parler. Tenez-vous bien. Acceptez tout ce qu'il vous proposera, et donnez un écu à la petite Mêto quand vous rentrerez à l'auberge...

J'entendis très bien. Mais elle passait devant moi, l'autre, ma vision, *ma fortune*. Elle avait rabattu son voile. La pure beauté de ses traits m'apparaissait comme au travers d'un nuage féerique.

Elle était grande; sa taille, un peu frêle, avait des flexibilités enchantées. J'espère pour vous que vous ne regardez pas de trop haut les enfantillages du cœur, dont l'ensemble est tout simplement la jeunesse, le charme de vivre et la poésie. Il m'eût blessé de la savoir fille de ce cachalot, pompeusement habillé de drap de soie olive, glacé de marron, M. Hédou de Pelhédou; mais je l'admettais comme oncle, et les doux soins qu'elle prenait de lui me plaisaient. Aimer une demoiselle Hédou n'est pas chose impossible, même quand ce nom s'aggrave par celui de Pelhédou. Seulement, de toute nécessité, deux heures après sa naissance, une pareille demoiselle doit avoir été baptisée Goton ou Scholastique.

Et tenez ! mon bijou de vicomtesse, le genre d'amour qu'elle devait inspirer était réglé d'avance par la familiarité imprévue de ce nom : Catiche.

Soyez béni ou bénie, si vous comprenez. Dans le cas contraire, je n'y puis rien. Les noms expriment beaucoup et peuvent davantage. Je n'irai pas jusqu'à Pétronille d'un côté, jusqu'à Zénaïde de l'autre ; mais convenez que tous ces beaux noms grecs suent le froid : Euphémie est précieuse ; Aspasie, malséante ; Zoé, prude ; Sidonie, ridicule ; Uranie, grotesque. C'est la bourgeoisie des noms.

Marie, glorieuse et gracieuse, cantique en deux syllabes adorées ! Françoise, reine ou blanchisseuse ; Jeanne, diadème de duchesse et bavolet de rosière ; Thérèse, flamme des cœurs ; Charlotte, brave sourire ; Madeleine, ô pauvre belle ! Suzanne, Louise, Aline, Victoire, Aimée, noms du peuple et de la noblesse, n'existez-vous pas en assez grand nombre pour épargner aux familles cette extrémité d'appeler une enfant Polydora ou Zédélie ?

Hélas ! que j'en ai rencontré de ravissantes pourtant, de ces Léocadies et de ces Zulémas ! Peut-être que j'ai tort : c'est plutôt la femme qui fait son nom.

Peut-être que le nom d'Hermine de Bois-le-Roy vous paraîtra prétentieux et gothique.

Moi, je l'écoutais dans l'air comme une harmonie et je l'y respirais comme un parfum. Il me semblait que ce nom faisait partie de sa parure et embellissait sa beauté.

Je la suivis jusqu'à la porte de l'église, où deux grands paysans prirent son hippopotame d'oncle chacun sous une aisselle. Il était temps. Le malheureux homme s'extravasait en torrents de sueur. On le hissa sur une charrette traînée par deux beaux bœufs ; et ma fortune, légère comme une sylphide, monta sur un joli cheval d'Espagne, que tenait en bride un vieil écuyer, de la plus respectable tournure, qui était comme elle en grand deuil.

J'allais continuer ma route, suivant la charrette au bout du monde, s'il l'eût fallu, lorsqu'une terrible bagarre éclata sur la place de l'église. Les gars de Vitré s'étaient avisés de tâter Joson Menou, qui n'avait pas son bâton de cormier. Joson avait écouté d'abord avec patience et les mains dans ses poches les gorges chaudes qu'on se permettait au sujet des douze éternuements ; mais il était de Pendor, où tous les nez pompent la moutarde, et, quelqu'un s'étant avisé de railler ses bottes, il mit tout uniment le sommet de son crâne dans la poitrine de ce quelqu'un-là, qui renversa trois hommes et quatre femmes en s'en allant tomber à dix pas de Joson.

Joson dit :

— C'est pour de rire. Je n'ai point essayé de lui faire du mal ; mais si un autre en souhaite, je vas le démolir d'atout.

Les gars vitriâs hésitaient ; mais les femmes se pressaient autour du malheureux vaincu, qui se relevait tout sanglant.

Et vingt voix glapissantes crièrent :

— Faut pas mentir ! c'est un méchant coup ! Le coquin vient de la basse Bretagne, et il a des bottes. Hardi, les gars ! V'n'êtes pas des hommes, donc ? Il est tout seul et v's'êtes cinquante de votre bord. Hardi ! hardi là ! Il a des bottes !

Les gars eurent honte et revinrent. Joson baissa la tête deux fois : deux poitrines craquèrent et deux paquets de chair tombèrent sur le pavé.

Ce fut à ce moment que le tumulte m'arracha à ma contemplation.

Comme je quittais des yeux la caravane Hédou de Pelhédou, je vis mon Joson entouré d'un large cercle. Il avait profité du répit que lui procuraient ses deux derniers coups de tête, pour s'asseoir commodément par terre et ôter ses bottes.

Il en prit une par la tige et la brandit en se relevant.

A cause de son poids et surtout à cause du monumental éperon qui sortait du talon, cela faisait une arme vraiment redoutable.

Mais les gars de Vitré s'armaient aussi. Les femmes avaient couru chercher des bâtons et jusqu'à des roches.

Il était grand temps d'intervenir. Je m'élançai. Un autre cependant m'avait prévenu. Quand j'arrivai au centre du cercle, je vis, à mon très vif étonnement, l'apôtre Saint-Pierre qui était déjà debout et l'épée à la main, entre Joson et les Vitriâs.

Mon Joson le regardait de travers et grommelait entre ses dents :

— De quoi vient-il se mêler, celui-là?

— Mes amis, dit M. de Saint-Pierre à la foule, qui ne semblait pas admettre volontiers son intervention, je suis comme vous un enfant du pays. Feu mon respectable père était bourgeois de Vitré. Vous me connaissez bien, n'est-ce pas?

Il s'exprimait avec aisance, en homme qui a l'habitude de la parole.

La foule lui répondit :

— Assez, qu'on vous connaît ! vous êtes une gent de

Paris à présent. Nous n'aimons point ça. Rangez-vous !

— Et pourquoi que vous défendez le bas Breton?
Rangez-vous, rangez-vous !

Les femmes ajoutèrent :

— Si vous ne vous rangez point, on va vous *arrocher*,
le bel homme !

Arrocher est le mot vitriâs pour lapider.

Je ne ne sais pas ce qui fût advenu de cette nouvelle
querelle, si deux gardes de ville n'eussent fait leur appa-
rition juste à cet instant. Ils arrivèrent cahin-caha, boi-
tant tous les deux, l'un de la jambe gauche, l'autre de
la jambe droite; et, M. de Saint-Pierre ayant fait le
geste de mettre la main à la poche, ils jugèrent immédiatement à l'unanimité que la foule avait tort.

La foule protesta par de tels cris, que je tremblai pour
l'autorité. Peut-être que, si mon oncle Le Bihan avait
été là pour profiter habilement de cette émotion populaire, il aurait trouvé l'opportunité de se faire procla-
mer roi de Vitré, à la barbe de l'armée française.

Il n'y avait plus sur la place que l'émeute et les repré-
sentants du pouvoir. Déjà depuis du temps Mlle de Bois-
le-Roy était partie, suivant l'équipage de son gros oncle.
La vicomtesse s'était retirée.

L'armée française faisait bonne contenance, malgré
ses infirmités. L'invalide de la jambe droite, regardant
la cohue d'un air fier, tira de sa poche une chinchoire de
corne, dite aussi *pétunière*, et versa poliment une prise
de tabac sur la main de son collègue, l'invalide de la
jambe gauche.

Puis, profitant du silence que cet acte de sang-froid
avait provoqué, celui qui boitait à bâbord, — ou à tri-
bord, ma mémoire n'est pas précise sur ce point, —
appela d'un ton goguenard :

— Maître Robillais !

D'où sortait maître Robillais? Question ardue. Descendait-il du ciel? jaillissait-il des profondeurs de la terre?

A l'appel de son nom, chacun put le voir apparaître entre les deux estropiés : c'est un petit homme très sale et de bonne humeur, qui boitait des deux jambes.

A son aspect, la foule ondula comme une mer agitée.

L'éclopé qui avait déjà parlé, lui mit mit une prise de tabac sur le dos de la main et dit :

— Prenez les noms, monsieur Robillais?

Tous les visages blémirent et s'allongèrent. Un murmure épouvanté s'éleva, dans lequel on distinguait ces sages paroles, que Vitriâs et Vitriâses passent leur vie à se répéter les uns aux autres, sans jamais obéir à la recommandation qu'elles contiennent : « Faut pas mentir ! »

Maître Robillais se gratta en riant la tête à travers son bonnet de laine noire. Avec un peu de peine, il parvint à mettre un genou en terre; après quoi il tira de ses poches une écritoire, une plume et une feuille de papier jaunâtre.

Cela fait, il posa sur son nez une paire de lunettes en fer.

Quand il eut terminé ses apprêts, la place était vide. Vitré s'était dispersé comme une volée de canards. Il ne restait ni un homme ni une femme. Joson Menou lui-même avait décampé avec ses bottes.

M. de Saint-Pierre partagea une pièce de quinze sous entre l'armée française et M. Robillais. Ces fonctionnaires, qui n'avaient que deux jambes à eux trois, se dirigèrent aussitôt vers un cabaret pour célébrer sa munificence.

Ils allaient avoir un fameux dimanche ! Cette chère marquise de Sévigné, dont j'ai déjà parlé avec éloges, dit qu'à Vitré un sou se coupe en seize. Elle vivait pourtant des sous de Vitré.

Car cela est ainsi : Paris pompe le cuivre de ces pauvres pays et en fait de l'or. Nul ne saurait dire à quelle somme d'obscures misères correspond l'éclat d'une richesse.

L'apôtre Saint-Pierre me fit l'honneur de passer son bras sous le mien. Je ne saurais dire, en vérité, pourquoi ce galant homme me déplaisait énergiquement des pieds à la tête.

Nous eûmes ensemble l'entretien suivant, où je fis de mon mieux pour obéir aux instructions de la vicomtesse. Si Hermine était ma fortune, cette charmante Catiche était bien un peu mon savoir-faire...

Et Vivette, dans tout cela, qu'était-elle? Est-ce donc vrai que les absents ont toujours tort? Pour le moment présent, hélas ! oui, c'est trop vrai. Mais le souvenir est à eux, et aussi parfois l'avenir.

— Mon cher chevalier, me dit l'apôtre avec une familiarité protectrice qui ne lui allait pas trop mal, vous avez là pour valet un solide gaillard.

Je répondis :

— Oui, monsieur le vicomte, très solide.

Il reprit :

— Dès le premier coup d'œil, je me suis senti attiré vers vous, chevalier.

— Vicomte, je vous rends grâces.

— Mme la vicomtesse partage ce sentiment.

— J'en suis heureux et flatté.

— Savez-vous une chose?...

— Pas encore, monsieur le vicomte.

Il eut un léger froncement de sourcils qui se termina par un sourire, et poursuivit :

— Vous vous êtes si merveilleusement tiré de presse là-bas, à la Fosse aux-Loups, que l'idée m'est venue de vous proposer une association. Qu'en dites-vous?

XIX

L'apôtre Saint-Pierre, en parlant ainsi, me regardait fixement. Je soutins son regard avec une tranquillité parfaite, et je répliquai :

— Je suis à vos ordres; mais je dois vous prévenir que l'état de ma bourse n'est pas tel que vous pouvez le penser. J'ai usé de feinte, hier, dans la forêt, pour sortir à mon honneur d'une rencontre qui pouvait tourner mal. Non seulement je n'ai pas les cent mille écus dont il a été question, mais vos deux cents louis sont déjà notablement écornés.

— Vous êtes un charmant compagnon ! s'écia M. de Saint-Pierre.

Je m'inclinai.

Nous descendions à petits pas, et toujours bras dessus bras dessous, la ruelle qui menait à notre auberge du Cygne de la Croix. L'apôtre était de plus en plus aimable.

— Il ne faudrait pas me juger, reprit-il, par cette misérable petite histoire de la forêt. Puisque vous allez à Paris, vous verrez bien que tous nos gens de qualité font maintenant des affaires. Je me suis mêlé à celle-ci par occasion, et pour tuer le temps, dans un pays où les distractions sont rares. Dieu merci ! ce n'est pas de l'argent que je demande à un associé : j'en ai pour deux, et mon crédit à la cour fait plus d'un jaloux. Un jeune gentilhomme de votre tournure qui se présenterait dans le monde sous mon patronage irait loin du premier coup.

C'était vraiment une langue dorée, et, malgré mes préventions, je ne l'écoutais pas sans intérêt. La cour ! Avec cet hameçon magique, on est sûr de prendre les innocents de mon espèce.

Songez que j'avais en tout quarante heures d'expérience.

— Voulez-vous, dis-je, avoir la bonté de me dire en quoi je pourrais être assez heureux pour vous servir?

— En vérité ! s'écria Saint-Pierre en s'arrêtant court, il s'exprime comme un ange. Dans six mois d'ici, chevalier, — qui sait? — dans six semaines, vous me patronnerez peut-être à votre tour, car je me connais en physionomie : vous êtes un prédestiné. Qu'on vous mette seulement à l'étrier, et vous galoperez comme un diable ! Vous allez comprendre à demi-mot, ou je me trompe fort, car votre conduite là-bas prouve que vous n'êtes pas un novice. Il s'agit de délivrer une belle captive, qui gémit sous la domination d'un tuteur.

M. le vicomte ne croyait certes pas si bien dire. Au premier mot je devinai.

— Je suis des vôtres ! m'écriai-je.

Il lâcha mon bras. Nous étions dans un étroit carrefour, et, sous les porches qui nous entouraient, toutes les devantures des échoppes étaient fermées. Le regard que Saint-Pierre me jeta était inquiet, presque menaçant.

— Saquerbleure ! fit-il, employant le juron du pays, c'est aussi comprendre par trop vite ! Est-ce que vous savez de qui je parle?

— Je m'en doute. Et ce qui m'a fait vous répondre un peu vivement, c'est ce que je supputais en moi-même le poids du tuteur qui fait gémir la belle captive : c'est un tyran de quatre quintaux pour le moins !

— Ah çà ! ah çà ! fit Saint-Pierre, où allons-nous? C'est de l'esprit cela ! et du plus coquin ! Je n'ai qu'à me bien tenir ! Chevalier, vous ferez fureur à Paris !

Il se rapprocha de moi, après avoir regardé tout autour de lui pour voir si personne n'était à portée de nous entendre.

— L'amoureux, reprit-il en baissant la voix, — car vous vous doutez bien qu'il y a un amoureux, sorcier que vous êtes? — ne regardera pas à la dépense...

— Avant tout, interrompis-je, la demoiselle l'aime-t-elle?

— Ah ! je crois bien ! répondit Saint-Pierre. Elle en est folle, tout uniment ! sans cela je ne voudrais pas mettre même le bout de mon petit doigt là-dedans. En outre, le jeune homme est très bien, tout ce qu'il y a de mieux : il la rendra heureuse comme une reine.

— Et qu'y a-t-il à faire?

— Il y a à jouer un bout de comédie, comme à la Fosse-aux-Loups, et trois cents louis à gagner en un quart d'heure.

Je gardai le silence.

— Eh bien? fit l'apôtre, vous ne répondez pas?

— J'attends vos instructions, mon cher maître.

Il me secoua la main vigoureusement. Mais c'était un fin matois : il gardait de la méfiance.

— Entre la Gravelle et Ernée, reprit-il, se trouve un

mauvais endroit pour les voitures : c'est un bois qui appartient justement à mon oncle, M. Hédou de Pelhédou.

— Ah ! ah ! fis-je, alors Mlle de Bois-le-Roy est un peu votre cousine?

— Beaucoup, et de là naît l'intérêt que je lui porte. Ce mauvais endroit dont je parle est Bois-le-Roy, qui se prolonge jusqu'à la Gravelle. Superbe chasse ! Il faut que la chaise de ma cousine soit attaquée au Bois-le-Roy, ce soir.

— Le tuteur sera là?

— Naturellement.

— Et j'enlèverai la demoiselle?

— Ah ! mais non ! Voici enfin un rébus que vous n'avez pas deviné, mon cher chevalier ! Vous ferez semblant de chercher aventure...

— C'est-à-dire que je me déguiserai en voleur de grand chemin?

— Avec sa conscience pour soi, prononça gravement l'apôtre, et un mouchoir sur la figure pour les passants, c'est un métier de grand seigneur. Le mois dernier, M. de Chavaroche a joué le même jeu pour M. d'Humières, entre l'Isle-Adam et Pontoise.

— Et la chose a réussi?

— A souhait. La plus belle noce du monde ! Le roi a signé au contrat... Vous ne dites plus rien?

— J'écoute.

— Le reste est simple comme bonjour. Pourquoi se creuser la cervelle à inventer du nouveau, puisque ces bonnes vieilles farces ne manquent jamais leur effet? Au moment où vous arrêtez la chaise, l'amoureux arrive...

— Et il fond sur moi !

— Avec une vaillance au-dessus de tout éloge.

— Je prends la fuite...

— Et l'héroïne est sauvée !

Ces quelques répliques furent échangées avec beaucoup de gaieté entre l'apôtre et moi.

Indépendamment de la recommandation à moi faite par Catiche : « Acceptez tout ce qu'il vous proposera », mon instinct me disait qu'il fallait jouer au fin avec M. le vicomte.

J'essayai, mais en vain, de savoir le ncm de l'amoureux qui mettait en usage des moyens si romanesques pour se faire bien venir de Mlle Hermine de Bois-le-Roy.

En revanche, l'apôtre me donna d'autres détails que je ne lui demandais pas.

Hermine quittait la maison de son gros tuteur, qui était un vieux garçon, pour entrer dans la famille de M. Terray du Coudray, son oncle maternel, frère de l'abbé Terray, contrôleur général des finances. Là, elle devait trouver une tante et des cousines.

— Vous voyez, ajouta M. de Saint-Pierre, que je suis assez bien apparenté. Notre cousin, le ministre, me traite comme son fils, et, par lui, je pourrais me pousser où je voudrais; mais j'ai de l'indépendance dans l'esprit, et je préfère mener la vie à ma guise. Comme je ne demande jamais rien pour moi, mon crédit reste entier au service de mes amis, et je vous l'offre.

On juge si je remerciai.

En somme, nous étions d'accord. L'affaire devait avoir lieu à la brune. La chaise n'aurait pour escorte que le vieil écuyer. Je devais agir rondement et même un peu brutalement, pour augmenter les mérites de l'amoureux sauveur.

La dernière parole de l'apôtre fut celle-ci :

— Faites bien la leçon à votre bas Breton, surtout. Qu'il n'aille pas jouer au bâton comme hier.

Quoique ce mot fût dit en riant, il me sonna aux oreilles comme une vague menace.

Nous nous séparâmes ensuite, M. de Saint-Pierre et moi, avec promesse de nous retrouver le lendemain à Laval, à l'auberge du Cygne de la Croix, où je devais toucher mes trois cents louis, si bien gagnés.

Sur la porte du Cygne de la Croix de Vitré, où je revins tout droit en tâchant de voir clair au dedans de ma propre pensée, je rencontrai Mêto, la petite servante, qui semblait attendre quelqu'un. Aussitôt qu'elle m'aperçut, elle me fit la révérence en étalant sa jupe comme une duchesse.

— Par alors, me dit-elle d'un air mystérieux, j'ai envoyé Biju se *chaudeboirer* au Pot-d'Étain, pour être tranquille avec vous. Ça m'a coûté mes six liards. La dame a dit que vous donneriez du gros argent blanc.

Je lui mis dans la main un écu de trois livres. L'excès de sa joie la fit toute blême.

— C'est égal, me dit-elle, je ne mens pas, je vous montrerai ben quêque chose que vous devinez pas, si vous voulez.

Elle me fit signe en même temps de la suivre; et, au lieu de monter l'escalier qui conduisait à ma chambre, elle enfila un petit passage où le jour était très sombre.

Le passage menait à un escalier raide comme une échelle, où le jour disparaissait tout à fait.

— Où diable me conduisez-vous? demandai-je.

— Eh ! bon Dieu de Vitré ! me répondit-elle, vous le verrez bien tout à l'heure.

Quelques secondes après, elle poussa une porte, dont

l'ouverture laissa passer une clarté. Elle s'effaça brusquement et me dit :

— Vous étiez donc plus pressé de voir que de d'vir Dame ! vous n'avez point d'esprit pour un chevaliais.

Elle descendit l'escalier en chantant.

J'entrai ; et, comme je m'y attendais un peu, je retrouvai face à face avec Mme la vicomtesse de Saint Pierre, qui me tendit son joli front d'un air triste doux.

Je lui avais déjà obéi plusieurs fois de si bon cœu je fus ici également docile, et je donnai un bon gr baiser de paysan.

— C'est cela, me dit-elle en retrouvant son souri Je vois où nous en sommes avec Mlle Vivette. Vous êt un cher enfant. Fermez la porte.

C'était un affreux taudis, et sale ! Quand j'eus ferr la porte, Catiche me prit les deux mains et me regar dans les yeux.

— Je ne suis pas du tout une vicomtesse, me dit-el Mon métier est de chanter la comédie italienne. J' suivi M. de Saint-Pierre, parce que je l'aimais. Je n' jamais aimé que lui. Aussi je le hais comme je ne pou rais haïr personne autre. Je l'ai servi plus fidèleme que je n'aurais dû. Si je le trahis aujourd'hui, c'est cause de cette fillette qui ressemble à un ange : il fera d'elle la plus misérable des créatures. Et aussi à cau de vous : il a le dessein de vous assassiner.

XX

BERTRAND HÉDOU DE SAINT-PIERRE

Catiche n'était pas une vicomtesse ! Je regrettais son titre un petit peu. Elle avait repris son habit de cheval, et quelque chose en elle parlait d'expédition guerrière.

Nous nous assîmes à côté l'un de l'autre sur l'appui de la lucarne, pour respirer le moins possible l'air épais de la cage où nous étions enfermés. La lucarne avait vue sur un courtil clos de murs, qui confinait à une longue suite de vergers ouverts et communiquant avec la campagne.

Vitré est assez grand; mais il y a des endroits où les champs montent tout près du cœur de la ville.

J'avais écouté sans mot dire les étranges paroles prononcées par Catiche; mais mon étonnement me fit répéter son dernier mot :

— M'assassiner ! m'écriai-je. Croyez-vous qu'il soit vraiment capable de cela?

— J'en suis sûr, répliqua-t-elle. Et je soupçonne que l'ancien fiancé, celui dont Hermine porte le deuil... Mais je n'ai pas de certitude, et ce qui est fait est fait. Laissons le passé. Je ne veux pas qu'il vous arrive malheur, voilà tout.

— C'est donc un bandit?

— C'est un démon. Son père était un honnête homme et sa mère était une sainte. Ils sont morts de lui, sinon par lui. Le contrôleur général Terray est un peu son oncle; du moins Bertrand tirait de lui beaucoup d'argent avant d'avoir crocheté sa caisse. L'abbé Terray ne vaut pas beaucoup mieux que le diable : il s'est borné à l'envoyer se faire pendre ailleurs. Vous n'avez pas besoin de savoir tout ce que Bertrand a fait; moi-même, il y a bien peu de temps que je le sais. Il m'avait parlé mariage, et hier il m'a proposé de l'aider pour l'enlèvement de Mlle de Bois-le-Roy !

— Ah! ah! fis-je, c'est pour son propre compte, décidément?

Je pensai en moi-même qu'il y avait bien un peu de dépit amoureux dans l'indignation de ma belle compagne. Elle me devina et fronça le sourcil.

— Il faut croire tout ce que je vous dis, reprit-elle, et comme je vous le dis. Je n'exagère rien, au contraire. Les gens de ce pays ci le craignent et le méprisent comme un mauvais sujet, perdu de vices; mais ils ne le connaissent pas comme moi. J'ai passionnément souhaité de l'épouser, parce que je l'aimais et que l'amour est aveugle. Si mon désir eût été accompli, j'en serai morte.

— Par le chagrin?

— Par le couteau.

Je la regardai. Elle était pâle, mais elle parlait avec calme.

— J'avais beaucoup d'argent, poursuivit-elle, et beaucoup de pierreries. Je ne l'accuse pas de m'avoir volé tout cela : c'est moi qui le lui ai donné. Quand le malheur l'amena sur mon chemin, il était la beauté même, et la jeunesse. Ce qui chez lui maintenant est mensonge, pouvait alors passer pour vérité. M. le contrôleur général des finances ne lui refusait rien, et il avait la faveur avouée de M. le duc d'Aiguillon, ancien gouverneur de Bretagne, devenu premier ministre de Mme du Barry. La cour l'avait adopté, à cause du bon tour qu'il avait joué au roi pour obtenir des lettres de noblesse avec un titre de vicomte, qui est bien et dûment enregistré. Il y avait, parmi les pupilles du Parc-aux-Cerfs, une demoiselle Chauvetot de Luc de Villdieu, trois fois plus noble que les filles de Charlemagne. Elle se trouvait dans le cas d'être mariée diligemment. M. Bertrand Hédou de Saint-Pierre, simple auditeur de la cour des aides, se mit sur les rangs et manœuvra si bien qu'on doubla la dot d'abord et qu'ensuite on décrocha le sceau du roi pour lui timbrer des parchemins. Seulement, voyez le hasard : la veille des noces, en sortant de chez sa belle, il se prit de mauvaises raisons dans la rue avec un Cent-Suisse, et, sous un réverbère, il reçut un coup d'épée à saigner un bœuf...

Cette jolie Catiche, en me racontant cela, riait un peu, malgré sa grande colère. Ah ! ce n'était pas un personnage de tragédie !

— Il en mourut, poursuivit-elle, ou du moins le bruit s'en promena, et la demoiselle Chauvetot du Luc de Villedieu prit le deuil pendant trois jours, au bout desquels on la coiffa d'une blanche couronne pour la marier à un cadet de Saintonge. A la sacristie, on fut fort étonné de voir M. Bertrand Hédou de Saint-Pierre, qui demanda l'honneur du registre et signa pour la première fois : vicomte de Saint-Pierre. Le roi fut outré, Mesdames royales voulaient qu'on le fouettât en place publique;

.mais la comtesse d'Egmont le mena en catimini chez Mme du Barry, qui lui caressa le menton en l'appelant gredin. Il fit fureur. On se moque des noblesses achetées, mais celles qui se filoutent ont le même haut goût que si on les avait rapportées de la croisade...

J'écoutais avidement. Je n'avais rien lu. Je ne me rappelle pas bien si je savais le nom de Voltaire.

Ces choses m'étonnaient à un point que je suis incapable d'exprimer. Je me sentais stupide devant cette délicieuse femme, qui parlait avec une légèreté si amère de tout ce que je respectais à Guidel.

En somme, je comprenais à peu près, malgré ma complète ignorance. C'était le premier trou de serrure par lequel j'entrevoyais les mystères du monde.

Ce qui me choquait surtout, c'était ce méli-mélo des étages sociaux, dont les paliers, en basse Bretagne, étaient encore si hautement séparés les uns des autres.

Je restais ébahi de voir le roi bafoué impunément par un croquant, à qui la maîtresse du roi faisait risette. Nous croyions encore au roi chez nous.

Catiche continua, tout entière à son histoire :

— Ce fut ainsi que Bertrand m'apparut dans sa gloire. J'étais presque une enfant. Toutes les femmes couraient après lui. Je suis femme. Le soir où il me remarqua, je devins folle d'orgueil. C'était ma plus belle victoire. Au foyer du théâtre, le bouquet qu'il m'avait jeté me fut arraché par Mlle Petit, ma camarade et ma rivale. Nous nous battîmes au pistolet derrière la Nouvelle-France. On mit mon nom dans les *Nouvelles à la main*. Les gazetiers me louèrent et me calomnièrent. Au bout d'un mois, à la place de mes bons de caisse, de mes contrats et de mes bijoux, je n'avais plus qu'une promesse de mariage. J'étais heureuse comme une reine.

Je crois qu'il m'a aimée. Il y avait des moments où il roulait sur l'or. Il faisait alors pour moi de véritables folies, mais le lendemain il me dépouillait sans scrupule. Je ne lui en ai jamais voulu pour cela. Nous ne faisions qu'un : il avait le droit de se dévaliser lui-même. Il me battit une fois, et je sentis que je l'adorais.

Ne me jugez pas avec vos idées de basse Bretagne, chevalier. Je suis honnête à ma manière et fidèle comme l'acier. Mais je ne suis qu'une pauvre fille; et à Paris, personne ne sait plus guère ce que c'est que la conscience. On rit de tout. Ce n'est pas péché, dit-on, que de voler au jeu; pourvu qu'un escroc ait de la bonne humeur et des manchettes il garde l'estime au moins d'un certain public, et nous avons vu des marquises courir après un détrousseur de grand chemin, qui faisait honte aux ducs par ses belles manières.

J'ai été longtemps avant d'ouvrir les yeux. Je voyais, mais je ne croyais pas. Il y eut un vol considérable commis chez la baronne de C... Je fus mandée à ce sujet et interrogée par M. le lieutenant général de police. Ce qui me frappa, ce ne fut pas la certitude acquise de ce fait que le vicomte était un criminel; ce fut d'apprendre qu'il avait l'intimité de la baronne, et qu'il avait dû marcher pieds nus, la nuit, pour ouvrir son secrétaire avec une fausse clef.

Il s'enfuit en Bretagne, où les méchantes actions de sa jeunesse étaient un peu oubliées. Aussitôt qu'il m'appela, je l'y rejoignis. Je passai pour sa femme. Il m'affubla d'une origine étrangère et illustre. L'authenticité de son titre flatta sa famille bourgeoise, qui l'accueillit bien et ouvrit les bras à sa prétendue conversion. Tant qu'il trouva des dupes pour faire sa partie, tout alla bien, car il est sorcier à tous les jeux; mais les hobereaux de

Vitré se lassèrent d'emplir ses poches, et alors il fallut s'ingénier. Nous voyageâmes. Il fit la contrebande à Saint-Malo; une nuit, à Sillé-le-Guillaume, sur la route de Paris, il arrêta à main armée le convoi de l'intendance. On me le rapporta blessé. Sa blessure lui coûtait quinze cent mille livres, que portaient les fourgons. Il avait encore d'autres métiers : vous l'avez vu à l'œuvre dans la forêt de Rennes.

Il y a quatre mois environ, l'idée lui vint d'épouser Hermine de Bois-le-Roy, qui venait de perdre son père et sa mère. Il me le dit tout crûment, ajoutant : « Tu disparaîtras pendant quelques semaines, mais je n'aimerai jamais que toi. Ma femme restera à Vitré, moi j'irai te rejoindre à Paris, et nous ferons danser les écus de la petite sotte en menant belle vie. »

Il y avait un fiancé : un jeune homme beau, brave, bon comme vous, chevalier. Celui-là, je n'ai pas pu le sauver, parce que je ne me doutais pas encore que Bertrand fût un assassin. Il est mort au commencement du mois de février, d'un paquet de chevrotines qu'il reçut au-dessus de la hanche, dans la dernière battue au loup de la saison. Ces accidents arrivent à la chasse...

— Et qui vous fait penser, interrompis-je, que le coup vînt de M. de Saint-Pierre?

— Il me l'a dit, répliqua la vicomtesse. Il croit que je l'aime toujours. Il ne sait pas que j'ai deviné sa passion pour Hermine.

— Ah ! fis-je, il aime Mlle de Bois-le-Roy?

— Comme un tigre qu'il est. Il rôde autour du manoir. Le gros homme que vous aviez à côté de vous à l'église, est un bon tuteur. Toutes les nuits, deux gardes veillent dans le parc. On a tiré trois fois sur Bertrand, et cela ne l'arrête pas. Il veut la fortune, mais il veut aussi la femme. Plutôt que de laisser Hermine de Bois-le-Roy à un autre, il la tuerait !

— Et le tuteur le connaît-il bien?

— Il ne le connaît pas assez, mais Hermine le hait. Elle est avertie.

— Par vous?

— Par moi.

Je lui tendis la main. Elle la serra dans la sienne, qui était froide, et reprit :

— N'est-ce pas qu'elle est bien belle? C'est une sainte avec cela; mieux qu'une sainte, un ange ! Quand je vous ai vu si droit sur vos jambes à la Fosse-aux-Loups, en face d'un danger que vous n'aviez pu prévoir et que vous ne pouviez mesurer, je me suis dit tout de suite : Celui-là sera son défenseur. Je parie que vous l'aimez déjà?

Dans cette question, il y avait un peu de mélancolie. Je répondis plutôt pour moi que pour elle :

— Après tout, Vivette est mariée...

Elle sourit. Je crois qu'elle était la plus jolie des trois. Je portai sa main à mes lèvres.

— Ce n'est pas votre faute, dit-elle. Vivette a toujours tort sur le chemin qui mène à Paris.

L'horloge de l'église envoya quatre heures après midi. Catiche me donna un petit coup sur la joue et dit :

— Il est temps. La chaise doit être déjà en route, il vous faut la rejoindre avant le fond de Bois-le-Roy.

— Avant que j'aie retrouvé mon valet, commençai-je, et que nos chevaux soient sellés...

— J'ai causé avec votre valet, interrompit-elle : il vaut son pesant d'or ! Vous n'aurez pas besoin de le chercher. Tout est prêt : venez.

Nous descendîmes l'étroit escalier. Elle m'arrêta au

moment où j'allais entrer dans l'allée que Mêto m'avait fait prendre au début de cette aventure.

— Ce n'est pas par ici, me dit-elle. On guette votre départ dans la rue. Vous aurez toujours assez de coquins à combattre. Si l'on peut s'arranger de manière à ce que trois ou quatre d'entre eux soient en retard, ce sera autant de gagné.

Elle ouvrit la porte du courtil sur lequel donnait la lucarne, et nous nous glissâmes sous les pommiers en fleur.

— C'est son va-tout qu'il joue cette fois, me dit encore Catiche. Vous êtes marqué pour tomber le premier dans la bagarre. Ce n'est plus ici un rustique guet-apens, comme celui que vous avez évité en revenant de la Fosse-aux-Loups. Ayez des yeux tout autour de la tête, car vous serez attaqué de plusieurs côtés à la fois. Ce qui vous sauvera, et je compte là-dessus, c'est qu'ils vous croient dupe et ne s'attendent à aucune résistance.

— Mais qu'espère-t-il de tout cela? demandai-je. Ce ne peut être une vengeance contre moi?

— Il y a de tout un peu. Vous servirez surtout de prétexte au coup de feu qui égarera une balle de pistolet dans le crâne de M. Hédou de Pelhédou, le tuteur.

— Et après?

— Après, on enlèvera la pauvre Hermine, qui sera sans doute évanouie, et l'on ira chez le faux prêtre de Saint-Fargé-du-Désert, qui marie à toute heure, la nuit comme le jour, moyennant cinq pistoles et un pot d'eau-de-vie.

XXI

LE SECRET DE JOSON MENOU

La vicomtesse Catiche et moi nous marchâmes l'espace de quatre ou cinq cents pas, passant d'un verger dans l'autre. L'auberge du Cygne de la Croix n'avait aucune croisée ouverte de ce côté, sauf ladite lucarne. Les maisons auxquelles appartenaient les vergers étaient désertes, à cause de l'assemblée du Mi-Mai, au bourg de Montreuil-sous-Pérouse, où tout Vitré buvait et dansait à cette heure.

La dernière pièce de terre était en pente, et descendait dans un chemin creux qui donnait accès à la pleine campagne.

Catiche s'arrêta. Son doigt tendu me montra la brèche du champ, et je vis Joson Menou qui fumait sa pipe, les coudes passés dans les deux bridons de nos chevaux.

— Nous nous séparons ici, Gaston, me dit ma charmante compagne. Soyez prudent, et ne soyez pas clément. Songez que votre générosité serait la perte d'Hermine et peut être la mienne.

— Comment? la vôtre ! m'écriai-je.

— Avez-vous donc pensé, répliqua-t-elle en appuyant sa belle main contre ma bouche, où je l'avais portée, que je vous envoyais à un danger dont je n'aurais point ma part? Chevalier, si j'étais de celles qui peuvent partager la vie et l'honneur d'un gentilhomme, je ne vous aurais cédé à personne. Mais il vaut mieux qu'il en soit ainsi... Oui, cela vaut mieux... pour vous. Allez conquérir votre fortune. Vous me reverrez plus tôt que vous ne le pensez.

J'essayai de la retenir; mais elle s'envola, légère comme un papillon.

Une chose tout à fait extraordinaire, c'est que Joson Menou ne chantait pas en m'attendant. Cela me fit le regarder, car cette abstinence de musique était un fait sans exemple dans sa carrière. Au fond de ce chemin creux, il aurait dû égrener tout le chapelet des chansons de Guidel.

Je lui trouvai l'air singulièrement lugubre.

Quand il m'aperçut, il haussa les épaules en grommelant :

— Alors, c'est des demoiselles qui m'apportent vos ordres maintenant?

— En route ! répliquai-je.

— On n'ira toujours pas jusqu'au Pérou, en partant à l'heure qu'il est. J'aurais voulu aller un brin à confesse, monsieur le chevalier, rapport à la misère que j'ai eue d'en tuer un dans la sente et un sur la place. Un gars qui se laisse périr d'un pauvre coup de tête ! ça a-t-il un bon sens commun?

J'étais déjà en selle; mais il y mit plus de temps, à cause de ses bottes, qui, en vérité, étaient deux monuments.

Dès qu'il eut enfourché Taupin, il poussa un énorme soupir et poursuivit en baissant la voix :

— C'est sûr que ça rend une gent bien forte. On croit tapoter, et on assomme !

Je crus qu'il faisait allusion à quelque coup de cidre qu'il avait bu de trop, mais il était tout pâle et très calme.

— De quoi parles-tu, Joson? demandai-je. Qu'est-ce qui te rend si fort?

— Aussi vrai comme j'ai eu le baptême, me répondit-il, sans que la demoiselle est venue me chanter : « Dépêchez-vous, l'homme ! il s'agit de vie et de mort ! » je m'en serais confessé de bout en bout. Alors, j'aurais su si c'était péché mortel.

— Mais quoi donc, Joson?

Au lieu de ça, il a fallu courir cher le guenilloux pour avoir le cheval et les brides. Et la demoiselle m'a fourré deux pistolets dans mes trous de selle. Ma foi jurée ! je n'ai point besoin de ça pour faire des malheurs au jour d'aujourd'hui !

Il s'arracha une poignée de cheveux, et sa physionomie exprimait un véritable désespoir.

Je ne peux pas cacher que, pour le moment, la conversation de ce brave Joson n'avait pour moi aucun charme : j'avais désir, j'avais besoin de causer avec moi-même.

— Si tu ne veux pas me répondre, lui dis-je d'un ton d'autorité, marche derrière et tais-toi !

Il obéit, mais non point sans protester. Je l'entendis qui grondait en ralentissant le pas de Taupin :

— Mauvais sort de potence ! Et v'là M. le chevalier qui fait le fier à présent ! On n'est point obligé pourtant de se confesser ailleurs qu'aux prêtres...

Le reste fut perdu pour moi. J'étais déjà tout entier à mes réflexions.

Par hasard, le guenilloux ne m'avait pas trompé. Son grand cheval était une assez bonne bête, et j'avais plaisir à le sentir solide entre mes jambes. L'impression qui me restait de mon entrevue avec Catiche, était en effet des plus graves. J'avais conscience d'un danger imminent, et la résolution où j'étais d'aborder rondement l'aventure n'excluait point la bonne envie de jouer mon jeu comme il faut

Comment m'y prendre d'abord avec ceux que je voulais protéger? Je leur étais tout à fait inconnu. Allaient-ils m'accepter volontiers pour défenseur?

Et puis, malgré moi, des doutes me venaient. Était-ce croyable tout ce que m'avait raconté Catiche? Certes, je n'avais pas bonne opinion de l'apôtre Saint-Pierre; mais se pouvait-il qu'un scélérat pareil au portrait tracé par Catiche pût aller et venir dans la ville de Vitré, s'asseoir à l'église dans le banc des notables, et requérir les gens de justice?

Car les gardes de ville boiteux lui avaient obéi comme à une autorité.

N'y avait-il pas exagération dans le récit de Catiche? Elle ne m'avait rien caché de ses rancunes personnelles; et ses recommandations, plusieurs fois répétées, de ne faire aucun quartier au vicomte, n'indiquaient-elles pas un excès de haine?

En définitive, ma position vis-à-vis de cet homme n'était pas bonne. Nous nous étions séparés tous les deux sur un pacte conclu : il devait me considérer comme un auxiliaire à sa solde.

Catiche, il est vrai, affirmait que ce pacte même était un piège, et que le vicomte, assassin émérite, comptait profiter de notre accord pour frapper à outrance, tandis que moi je ferais semblant de combattre... .

— Oh ! là ! doux Jésus de bon Dieu ! cria en ce moment Joson Menou, je suis-ti embarrassé de bout en bout, des pieds jusqu'à la tête ! *Miserere* à tous les saints ! Nom de nom, de nom, de nom ! j'en étouffe !

Je me retournai. Je vis mon page qui s'était accroché à deux mains par les cheveux, et qui, littéralement, fondait en larmes.

Il avait ôté ses bottes, qui pendaient de droite et de gauche, attachées à la selle, et chevauchait pieds nus, avec son bâton à gros bout sous le bras.

C'était un spectacle lamentable. Je m'arrêtai pour l'attendre et lui dire :

— Mais qu'as-tu donc, à la fin, mon pauvre gars?

— Ah ! dame ! dame ! fit-il, vous n'y pouvez point rien, monsieur le chevalier, quoique je vous remercie de me consoler. C'est un prêtre qu'il me faudrait pour savoir si c'est un péché mortel. Ça me rend trop fort aussi ! chaque fois que je daube, *j'écrabomine* le monde comme des crabes à qui je marcherais dessus avec mes sabots ! Je n'oserai tant seulement plus lever le petit doigt sur un quelqu'un.

— Et pourtant, Joson, ma vieille, nous allons avoir à en découdre tout à l'heure fort et ferme !

— C'est-il vrai, monsieur le chevalier? demanda Joson, dont la prunelle mouillée s'alluma.

— Tout à fait vrai. Et ne va pas m'abandonner ! je compte sur toi.

Joson s'essuya les yeux et me regarda d'un air farouche.

— Alors, dit-il, je sais bien ce que je vas faire : je vas le flanquer dans l'eau !

Nous passions justement auprès d'une mare.

Joson jeta son bras derrière son dos, et saisit la corde qui soutenait ses sabots : car il les avait gardés malgré ses bottes. Il fourra ses doigts tout au fond de son sabot gauche, et en retira un petit sachet de toile à torchons, qu'il regarda longuement avec un effroi mêlé de tendresse. Un instant je crus qu'il allait le replacer dans sa chaussure; mais tout à coup il cracha dessus avec colère, et le lança dans la mare en l'insultant ainsi :

— Brin de poison ! mauvaiseté ! péché mortel ! vas à l'eau te nayer, vilaine gale ! Je ne veux plus de toi ni petit ni grand. Ainsi soit-il ! *Amen!*

Il respira comme quelqu'un qui s'est débarrassé d'un énorme poids.

— Et alors, monsieur le chevalier, demanda-t-il, me v'là frais comme la rose. Oùs qu'ils sont, ceux qu'il faut saborder? J'en suis !

Je ne répondis qu'en mettant ma grande bête au trot. Je me sentais en retard. Sur la route, qui allait en droite ligne à perte de vue, je ne découvrais pas trace de la chaise, qui devait avoir une forte avance sur nous.

Mes réflexions me reprirent. Jamais de ma vie je n'avais tant réfléchi.

Au bout de cinq minutes, Joson grommela :

— Si ce n'était point péché mortel pourtant...

Au bout de dix minutes, il me sembla que je n'entendais plus rien derrière moi. Je me retournai : j'étais seul. Joson Menou avait disparu.

Par derrière comme par devant, la route rétrécissait au loin sa ligne directe. En cherchant Joson des yeux, je vis dans le lointain, du côté de Vitré, un petit nuage de poussière.

— Voilà nos coquins ! pensai-je. Ils galopent !

Je regardai du côté opposé. Dans le lointain aussi et

à pareille distance, un autre nuage s'élevait sur le chemin. Je pensai encore :

— Et voilà ma fortune qui va au petit trot !

Il n'était pas temps de m'occuper de Joson. Je piquai des deux, arrangeant dans ma tête ce que j'allais dire au gros tuteur.

Le plan de l'apôtre était d'autant mieux conçu, qu'il me mettait en deux feux : si je ne prenais à temps mes précautions, les gens de la berline devaient être contre moi tout aussi bien que les bandits, travestis en sauveurs.

J'étais seul ! ce diable de Joson s'arrêtait souvent aux cabarets de la route; il me rejoignait après avoir humé pour un sou de courage. C'est à peine si je m'en apercevais; mais, cette fois, il avait mal pris son temps.

Le grand chemin montait. Le nuage qui me précédait, disparut derrière le sommet de la côte; le nuage qui me suivait, gagnait du terrain. Au moment où j'allais atteindre le dos d'âne de la côte, un bruit de galop arriva si net à mon oreille, que je mis la main à mes pistolets avant de me retourner.

— Holà ! ho ! Taupineau ! Blaireau ! cria la joyeuse voix de mon page : ça n'est point gros, mais quand c'est entre les jambes d'un quelqu'un qui s'y connaît, ça court mieux que votre vache vitriâse, sur et vrai, monsieur le chevalier !

L'instant d'après, Joson Menou me dépassait, courant comme un cerf, et brandissant son bâton avec frénésie. Je n'eus pas besoin de lui demander d'où il venait. La boue de la mare le couvrait jusqu'aux aisselles.

— Malheureux ! dis-je sérieusement contrarié, dans quel état te voilà ! On va nous prendre pour des brigands.

Il revint sur moi toujours moulinant du bâton. Sa

figure était écarlate. Ce qu'il avait bu, ce n'était pas l'eau de la mare.

— Fallait bien avaler une lampée, me dit-il, puisqu'on va se taper. Et quand c'est que j'ai eu bu la quatrième écuelle, j'ai pensé comme ça : « Je suis bête de l'avoir nayé ! » J'ai renvalé la cinquième. « J'veux le revoir ! » Je m'ai dit ça. La mare était toute proche : j'ai séché la sixième, et j'ai descendu à la mare. Il n'était pas encore nayé; il flottait bravement juste au mitant (milieu) de la vasée. J'm'y suis mis, je l'ai r'eu, j'vas tout casser, j'sens ben ça !

Il ponctua ce récit par une retentissante houpade.

— Et vas-tu me dire enfin ce que c'est? demandai-je.

La figure de Joson Menou se rembrunit.

— Nenni ! non dà ! fit-il : je ne lâcherai point mon secret, rien qu'à confesse, à un monsieur prêtre !

XXII

CHARGE DE CAVALERIE

La route était toujours droite et semblait se préci
piter dans un trou, d'où elle se relevait brusquement
pour grimper l'autre côte, raide comme l'échelle du
grenier de Mêto.

Entre les deux côtes, c'était le fameux fond de Bois-
le-Roy; et, par un singulier hasard (je pris d'abord cela
pour un hasard), la berline qui portait M. Hédou de
Pelhédou et sa belle pupille était arrêtée au bas de la
rampe.

Nous ne pouvions plus voir la cavalcade, qui maintenant devait monter la rampe opposée.

— Garde ton secret, Joson, dis-je. Pendant que tu
étais là-bas, as-tu remarqué des cavaliers en troupe?

— Oui bien.

— Les as-tu comptés?

— Qui donc? Cinq peaux de biques et un monsieur.
C'est-il eux que nous allons calfâter?

— Je le pense.

— Et pourquoi ça, sauf respect de vous, monsieur le chevalier?

Je montrai du doigt la chaise arrêtée, et je répondis :

— Ils veulent attaquer une jeune dame qui est dans cette voiture.

— Et qué qu'ça nous chaud, à nous?

— Tu n'es donc pas un Breton, Joson?

— Ah ! dame ! si, nom de delà ! Et puis, je m'en moque pas mal que ce soit pour ci ou pour ça. Prenez le monsieur, je vas piler les cinq peaux de bique. Me v'là devenu trop fort depuis que je l'ai r'eu. Embarque !

Nous étions désormais tout près de la chaise arrêtée, autour de laquelle s'empressaient deux valets, le postillon et le vieil écuyer qui était venu chercher Mlle de Bois-le-Roy à l'issue de la messe. Je pouvais voir maintenant l'obstacle qui empêchait l'équipage de passer : c'était un peuplier, qui, abattu par le vent, — ou de main d'homme, — se couchait en travers de la route, au-devant d'un petit pont de pierre, sous lequel passe le ru Vesvron, affluent de la rivière de Vilaine.

L'assemblée du Mi-Mai, gloire et profit de Montreuil-sous-Pérouse, attire les gars et les filles à quatre lieues à la ronde. Toutes les fermes du voisinage étaient désertes. On avait pu se procurer deux paysans avec de mauvaises haches pour attaquer l'obstacle.

Catiche avait raison : le fond de Bois-le-Roy présentait en effet une fort méchante mine comme lieu d'embuscade. Pour un peintre, c'eût été un paysage de choix : car les deux côtés de la route avaient des arbres magnifiques, dominant un sous-bois plantureux et touffu, comme on rêve les forêts vierges. A droite du pont, le ravin où coulait le Vesvron ouvrait une perspective assez large, dont les deux lèvres, coupées dans le calcaire, laissaient passer la dent du marbre gris, si commun autour de Vitré. Elles allaient toujours s'élevant jusqu'à un détour du ruisseau, qui fermait la vue par une montagne à pic, toute noire de pins, et au-dessus de laquelle un monument celtique de taille énorme — une « roche aux fées » — dessinait ses profils carrés.

A gauche, c'était une taille mûre, surmontée aussi de ses vétérans séculaires, et où nul sentier ne se montrait.

Le jour, qui était encore brillant sur la côte, s'assombrissait à mesure qu'on descendait, et l'endroit où la chaise restait empêchée s'enveloppait déjà d'une ombre brune.

— Reste un peu en arrière, dis-je à Joson, craignant l'effet de sa tenue : je vais parler aux voyageurs.

Joson se mit à regarder philosophiquement les paysans qui hachaient le tronc du peuplier pour ouvrir un passage.

Je m'approchais de la portière, où la rouge et large figure de monsieur Hédou de Pelhédou se montrait, bouchant exactement l'ouverture.

A ma vue, il se renfonça dans l'intérieur de la berline : ce qui démasqua le délicieux visage de sa pupille.

Je mis le feutre à la main et je dis :

— Monsieur, il est fâcheux que vous ne me connaissiez pas, car nous avons bien peu de temps à donner aux explications. Vous allez être attaqué.

— Je m'en doutais ! s'écria le gros bonhomme d'un accent plaintif : ils ont fait cet abatis pour nous arrêter juste au fond de ce coupe-gorge !

Hermine fixait sur moi ses grands yeux tristes et profonds.

— Ce gentilhomme, dit-elle, et jamais je n'entendis une voix plus mélodieusement vibrante, était ce matin à la grand'messe, dans le banc de M. le vicomte de Saint-Pierre.

Le gros tuteur mit ses lunettes à cheval sur son nez pour me regarder. Avec ce nez-là, retaillé adroitement on eût fait une demi-douzaine de nez ordinaires.

— Ah ! murmura-t-il, dans le banc de Bertrand ! Oh ! nous voilà bien ! Oui, je crois me rappeler. Que le bon Dieu ait pitié de nous, ma minette !

Je dois avouer que l'expression peinte sur les traits de Mlle de Bois-le-Roy concordait avec les exclamations de son oncle. J'inspirais ici tout le contraire de la confiance.

Il n'y avait pas à hésiter. Je racontai brièvement mais clairement ma conversation avec l'apôtre Saint-Pierre, les propositions qu'il m'avait faites, la façon dont je les avais acceptées pour obéir à la vicomtesse, et je répétai une partie des explications que cette dernière m'avait fournies dans le grenier de Mêto.

Pendant que je parlais, Mlle de Bois-le-Roy me regardait attentivement.

M. Hédou de Pelhédou se tamponnait le front, d'où tombaient de grosses gouttes de sueur.

Comme j'achevais, le nuage de poussière se montra au sommet de la côte.

— Foi de Dieu ! s'écria Joson, voilà les peaux de bique qui dévalent, et le monsieur !

Le tuteur et sa pupille se penchèrent en même temps aux portières. Par celle de droite, Hermine demanda où en était le travail des haches, et il lui fut répondu que dans une petite heure tout irait bien.

Par la portière de droite, le gros bonhomme regarda Joson, dont la voix avait attiré son attention.

— Ah ! par exemple ! fit-il, et son regard désolé s'éclaira, voilà le gars qui a éternué ! Je parie que c'est un bon garçon ! Est-ce qu'il est avec vous, jeune homme?

— C'est mon domestique, répondis-je.

Joson se rengorgeait, murmurant :

— Paraît que, malgré ma crotte, on ne crache point dessus moi, monsieur le chevalier.

— Monsieur ! Monsieur ! dit Hermine, qui avait regardé en arrière, au nom de Dieu, défendez-nous !

— Mademoiselle, répondis-je en la saluant avec respect, je suis ici tout exprès pour cela.

La cavalcade descendait comme un tourbillon, l'apôtre Saint-Pierre en tête..

Le gros homme eut une bouffée de vaillance. Il appela ses valets et le postillon par leurs noms, ainsi que l'écuyer, qui se nommait M. Leker.

— Ah ! diable ! cria-t-il, ces coquins-là vont voir beau jeu ! Nous avons dans le coffre trois paires de pistolets et le tromblon. A cheval, monsieur Leker ! Vous avez de bons gages : gagnez-les ! Et vous, jeune homme, je vous permets de nous défendre, puisque vous êtes avec ce brave gars qui a une si honnête figure. Armez les deux paysans qui vivent sur le domaine de Bois-le-Roy : ils nous doivent assistance, selon toutes les lois divines et humaines.

Il parlait ainsi, de cette voix sifflante et grêle qui sort presque toujours des gorges trop dodues, et son discours se termina par un cri lamentable, que la détonation d'une arme à feu accompagna.

Il avait voulu saisir une paire de pistolets, dont l'un avait parti entre ses doigts.

Cela dessina la situation en un clin d'œil. Au bruit du coup de feu, les deux valets, le postillon et les deux paysans qui, selon les lois divines et humaines, devaient assistance à Mlle de Bois-le-Roy, sautèrent tous ensemble par-dessus le peuplier, et détalèrent comme une demi-douzaine de lapins.

Je ne sais où ils se terrèrent; mais le temps de tourner la tête, on ne les vit plus.

Le vieil écuyer Leker, au contraire, s'était remis en selle et faisait excellente contenance. Il dégaina crânement et en homme d'épée.

Joson Menou, autorisé par le suffrage du gros bourgeois de Vitré, s'était mis en ligne avec fierté. Il avait toujours son pen-bas en travers de sa selle, et je l'entendais qui murmurait d'un ton tranquillement guoguenard :

— Oui donc que j'ai bien fait d'aller le rechercher. Si je ne l'avais point r'eu, j'étais capable de gagner ici quéqu' mauvais coups. A présent, pas de danger.

La vaste figure de M. Hédou de Pelhédou avait disparu de la portière, et sa voix de flageolet enrhumé gémissait tout au fond du carrosse :

— Ah! mon Dieu! ah! mon Dieu! Jésus! Maria! appelez la maréchaussée! je suis blessé! je suis mort! appelez la prévôté!

Toutes ces choses avaient lieu à la fois, quoique je sois bien obligé de les raconter l'une après l'autre. A la rigueur, l'apôtre Saint-Pierre, ayant entendu le coup de pistolet et voyant le vieil écuyer s'approcher de moi l'épée haute, pouvait croire que je jouais mon rôle dans la comédie convenue entre nous. Aussi joua-t-il le sien, et, au moment où le nuage soulevé par sa cavalerie nous enveloppait, il se mit à crier :

— Coquin! scélérat! je te reconnais! C'est donc ainsi que tu payes mes politesses? Tu veux dévaliser mon respectable parent! tu veux enlever la belle des belles! Attends, misérable, attends!

Et pan ! et pan ! deux pistolades qui n'étaient pas de la comédie : car une des balles siffla à quelques lignes de mon oreille, et l'autre me laboura l'épaule gauche, à la naissance du cou.

J'aurais bien pu le prévenir, si j'avais suivi les conseils de Catiche. Certes, j'avais confiance en elle, quoiqu'elle ne fût plus vicomtesse ; mais, dût le lecteur me blâmer, je fus pris d'un scrupule : je voulus voir par moi-même si l'apôtre Saint-Pierre était véritablement un assassin.

Je fus fixé très bien ; je faillis même l'être trop bien : un pouce de plus, à gauche ou à droite, et je n'aurais pu profiter de mon expérience que dans l'autre monde.

Le choc eut lieu tout de suite après. Je dégainai, mais je n'eus pas besoin de parer l'estocade à bras raccourci que l'apôtre me lançait pour sceller définitivement notre acte d'association. Ce diable de Joson lui envoya le gros bout de son bâton dans la tempe. Le terrible Bertrand dégringola de son cheval, et Joson dit :

— Le failli merle n'a pas tant seulement gloussé !

Le vieil écuyer s'entreprit avec la peau de bique qui suivait l'apôtre. Mon coup d'épée fut pour le troisième coquin, qui le reçut en plein estomac, et se démena si fort avant de tomber, que son grand chapeau rabattu s'envola, découvrant le nez rouge et dodu de M. Piédevache, mon hôte de la place du Pilori, à Rennes, à l'enseigne du Cygne de la Croix.

— Jésus ! Maria ! pleurait le gros tuteur au fond du carrosse. Sainte Barbe ! sainte Claire ! préservez-nous du tonnerre ! Ne frappez pas un infirme, mes vrais amis ! je n'ai pas ma bourse sur moi ! *Agnus Dei !* je fais vœu de donner une Vierge d'argent à la paroisse, ou tout au moins de cuivre doré ! A la garde ! à la force ! on m'écorche !

Joson travaillait les deux dernières peaux de bique. Je me retournai, parce que la douce voix de Mlle de Bois-le-Roy m'appelait.

Je vis les deux valets, le postillon et les deux paysans qui nous regardaient tranquillement derrière les baliveaux.

Dans le carré formé par la portière de la berline, la pâle figure d'Hermine s'encadrait. Il y avait de la bravoure parmi sa grande émotion. Elle était d'une beauté angélique.

— Prenez garde, monsieur le chevalier ! me dit-elle : en voici d'autres qui viennent.

XXIII

JOSON A LA BATAILLE

Il en venait d'autres en effet. Un nouveau nuage roulait le long de la montée. En même temps des ombres noires sortaient du bois, où le crépuscule du soir s'assombrissait. Si l'apôtre Saint-Pierre avait lancé tout ce monde-là contre nous dès le début, il est certain que nous eussions été écrasés sans possibilité de résistance.

Mais le général Bertrand avait mal pris ses mesures, ou bien ses divers corps d'armée arrivaient en retard sur le terrain. Que de grandes batailles ont été ainsi perdues par le hasard !

Le général Bertrand était maintenant couché dans la poussière avec un bras moulu et le crâne fêlé. Il ne donnait plus signe de vie. Il y avait dans ce Joson Menou l'étoffe de deux ou trois Ajax !

Notre position n'était, en vérité, pas mauvaise, malgré le nombre croissant des assaillants. Il n'y avait plus là que des subalternes, formant un troupeau plutôt qu'un bataillon. La chute de leur chef donnait de l'audace au pillage. Il ne s'agissait plus d'enlever Mlle de Bois-le-Roy, mais de briser la chaise et d'en partager les morceaux.

Nous n'avions pas fait encore usage de nos armes à feu. Hermine venait de me dire par la portière qu'elle avait retiré du coffre les trois paires de pistolets et le tromblon : c'était plus qu'il n'en fallait pour disperser cette sauvage canaille avant la nuit.

La nuit, voilà quelle était ma véritable inquiétude.

J'ordonnai au vieil écuyer de tourner la chaise, parce que le dessous du pont de pierre vomissait une embuscade de déguenillés, portant chacun un lambeau sur le visage. Il avait ses deux pistolets, et Mlle de Bois-le-Roy pouvait lui en fournir de rechange.

La seconde attaque eut lieu, comme la première, par la cavalerie. Cinq peaux de biques arrivèrent sur nous à fond de train, en criant et pistolant, mais faisant plus de bruit que de mal. Seulement les fantassins, caboutiâs, charbouniâs, chercheux de pain et rôdeurs de bois, se mirent cette fois dans la partie.

Notre artillerie joua. Je ne pointai pas mal; le vieil écuyer fut magnifique de courage et de sang-froid : mais que dire des prouesses de Joson Menou?

Il faudrait une plume autrement taillée que la mienne pour célébrer les exploits de ce foudre de guerre. Je parlais d'artillerie; Joson Menou ne daigna pas brûler une amorce.

Tout debout sur ses étriers et développant sa grande taille maigre, avec le petit Taupin entre ses jambes, il semblait haut comme un mât de cocagne. Il tapait, il riait, il causait, il houpait.

— Eh là ! oui mais ! disait-il, ça n'a point la tête dure, ces Gallos ! En faut un demi-cent pour affronter un gars de Pendor ! Tiens, charbouniâs, v'là ton compte ! Attrape ça, failli saboutiâs ! Je n'était tout de même point fin de vouloir le nayer. Si c'est péché, j'irai à confesse donc ! Et fin du monde après !

> En campaigne comme à la cour,
> Faut tout d'mème un p'tit brin d'amour.
> Jean ! veux-tu boire?
> Fanchett', quand j'li pince el menton,
> É d'vient tout'roug' comme un dindon :
> Voilà l'histoire !

— Gare à toi, Joson ! Ils sont trois ! Attention !

Trois démons, noirs comme de l'encre ! Et ils avaient des perches pour attaquer de loin. J'en abattis un de mon dernier coup de feu. Joson me regarda de travers.

— C'était à moi, me dit-il : ce n'est pas de jeu !

Il passa son pen-bas dans la main gauche pour saisir une des fameuses bottes achetées chez le guenilloux, et la fit tournoyer autour de sa tête. Elle partit comme un de ces traits que lançait la catapulte antique. Un des sauvages, pris par le milieu du corps, fut fauché du coup, et alla donner du crâne contre le tronc du peuplier; l'autre, jetant sa perche, s'enfuit sous bois en hurlant.

Nous étions vainqueurs sur toute la ligne; mais les vaincus nous entouraient, et la nuit qui venait rendait notre position des plus critiques. Nous les entendions s'appeler dans le taillis. A chaque instant ils revenaient; nous recevions à l'improviste des volées de pierres et quelques coups de feu. Je ne saurais dire comment cela s'était fait; mais l'apôtre Saint-Pierre, qui était tombé tout contre la voiture, n'était plus là. On avait dû le traîner derrière la chaise, à la faveur de la bagarre; et là, il avait disparu, soit qu'on l'eut emporté, soit qu'il se fût relevé lui-même.

Il y avait du monde derrière le tronc abattu. Le vieil écuyer, qui se battait comme un lion depuis le commencement de l'affaire, et à qui Mlle de Bois-le-Roy avait successivement tendu les pistolets de réserve, était serré de près. Sur la route, du côté de Vitré, les peaux de bique semblaient tenir conseil.

Depuis longtemps déjà l'on n'entendait plus les gémissements de M. Hédou de Pelhédou. Je m'approchai de la portière, et je dis :

— J'espère qu'il n'est point arrivé malheur ici?

— Nous sommes sans blessures, me répondit Hermine; mais il n'y a plus ni poudre ni balles, et je crois que mon oncle a perdu connaissance.

Je tâtai le gros homme pelotonné dans son coin. Il était bien chaud, mais il ne bougeait plus.

— Mademoiselle, repris-je, il faut tenter un effort pendant qu'il nous reste une lueur de jour. Mon valet va tourner l'attelage, et nous essayerons de faire retraite vers Vitré, puisqu'il est impossible de continuer vers Paris.

— La route est-elle libre?

— Non, certes; mais j'irai avant avec le tromblon, et je ferai feu à dix pas sur le groupe qui barre le chemin. Ces gens-là sont les seuls qui soient montés. Les autres ne nous embarrasseront pas, puisque nous sommes trois cavaliers pour escorter le carrosse.

— Mon oncle! mon oncle! fit Hermine au lieu de me répondre.

M. Hédou de Pelhédou ne donna point signe de vie.

— Est-ce que vous n'approuvez pas mon projet, mademoiselle? demandai-je.

— Si fait, monsieur le chevalier, de tout mon cœur, et que Dieu vous récompense ! Mais il nous faut mon oncle pour l'exécuter.

— Pourquoi cela?

Je ne devinais pas, en vérité, à quoi pouvait être bon ce brave homme.

— Le tromblon est une *invention*, me dit Hermine. M. Leker a déjà voulu le décharger : il n'a pas pu... Mon oncle, mon oncle !... Il paraît que la détente a un secret, pour que les ennemis ne puissent pas en abuser.

Le bon oncle ne bougeait pas, et plût à Dieu qu'il eût dormi sa grasse nuit !

Si le lecteur s'étonne de cette conversation paisible qui avait lieu entre Mlle de Bois-le-Roy et moi en un pareil moment, je puis mettre fin à sa surprise en deux mots. Nos assaillants n'avaient plus de chef, ou du moins leur chef ne pouvait plus payer de sa personne. Nous étions un peu dans la position du capitaine Cook et de ses matelots, entourés par les naturels de l'île Sandwich. L'aventure était alors toute récente, et j'y songeais malgré moi. Dans ces cas-là et toutes les fois qu'il s'agit de sauvages, on est attaqué par soubresauts, sans qu'on puisse assigner de motifs aux accalmies ni aux redoublements de la tempête.

Ici, d'ailleurs, chaque minute qui s'écoulait travaillait pour nos ennemis. L'obscurité, qui arrivait à grands pas, allait combattre en leur faveur et devenir leur plus terrible auxiliaire.

Je crois que j'aurais tenté la retraite, même sans le secours du tromblon perfectionné de ce malheureux M. Hédou de Pelhédou; mais Hermine ne se découragea point. Elle tapa dans les mains du bonhomme tant et si bien qu'un soupir d'éléphant souleva sa poitrine.

— Va-t-on souper? demanda-t-il.

Mais l'angoisse le ressaisit tout de suite, et il ajouta :

— Sommes-nous sauvés? Est-ce que j'ai reçu beaucoup de blessures? Je ferai un pèlerinage à pied, malgré ma goutte, ou tout au moins à cheval !

— Mon oncle, dit Hermine, voici notre défenseur. Enseignez-lui le secret pour qu'il se serve de l'espingole.

En ce moment, un bruit tumultueux se fit à droite et à gauche de la chaise.

— Arrivez, tas de marsouins ! cria Joson. Si je ne l'avais pas r'eu, je n'y verrais goutte; mais, ventrebleu ! je vous avise en pleine nuit comme si c'est que j'aurais des yeux de chat dans ma tête. Arrivez ! arrivez ! C'est moi que je m'amuse !

Le gros oncle venait de prendre l'espingole dans ses mains qui tremblaient. Une volée de pierres arriva, dont plusieurs m'atteignirent. Il en tomba une grêle sur la chaise, dont les parois sonnèrent. Je m'élançai pour faire face aux assaillants, et j'entendis la voix épouvantée d'Hermine qui criait :

— Prenez garde, mon oncle ! c'est M. Leker.

Une explosion formidable retentit.

Puis la voix d'Hermine encore.

— Miséricorde ! vous l'avez tué !

Ce fut le signal d'un assaut général. Jamais clameurs plus hideuses n'assourdirent mes oreilles. J'avoue que je n'avais plus mon sang froid, parce que Mlle de Bois-le-Roy appelait au secours. Il ne restait personne pour défendre le côté droit de la chaise : le tromblon à secret, qui était une « invention », avait couché M. Leker raide mort et troué comme une écumoire.

Les peaux de bique étaient revenues, et d'autres : car je fus attaqué par un diable qui avait un lambeau de soie noire sur la figure, et qui était habillé en presque gentilhomme. Dans les ténèbres, et malgré la bonne garde que Joson faisait à mon flanc, charbouniâs et saboutiâs s'étaient glissés en passant par-dessus l'arbre. Les traits des chevaux étaient coupés : il n'y avait plus de retraite possible.

Mon épée se brisa dans ma main. Je saisis un de mes pistolets vides par le canon, et cela me servit un instant de casse-tête. Mais ils étaient trop. Mon cheval se cabra, frappé au ventre par un coup de faucille. Deux paires de grosses mains m'empoignèrent par la botte, et me lancèrent de l'autre côté de ma selle. Je n'eus pas même la consolation de voir les deux coquins assommés par le gros bout de Joson.

En revanche, je vis l'homme au lambeau de soie chanceler et tomber juste au moment où, profitant de ma chute, il allait me mettre sa lâche épée dans le ventre.

Un coup de feu venait de retentir. J'eus comme une vision dans la nuit. Il me sembla que l'amazone de la forêt de Rennes se penchait au-dessus de moi avec son petit fusil tout fumant. Je ne crus pas à cela. Le sens m'abandonnait. J'étais littéralement criblé de contusions et de blessures.

Le dernier son que j'entendis comme en rêve, fut un cri, répété des deux côtés de la route :

— Égaillez-vous, les gars ! A la déroute ! V'là le monde qui s'en revont de l'assemblée du Mi-Mai !

XXIV

M. HÉDOU DE PELHÉDOU

Je m'éveillai au milieu d'une scène tellement bizarre, que je doutai du témoignage de mes yeux.

J'étais entre Hermine et Catiche, qui me tapaient toutes deux dans les mains. Joson Menou m'inondait d'eau, qu'il avait été puiser au Vesvron dans une de ses grandes bottes. Elle était encore à demi pleine, et j'étais aux trois quarts noyé.

Tout autour de moi il y avait des gars et des filles, endimanchés du haut en bas, qui bavardaient le patois de Vitré avec un zèle extraordinaire : de bons gars et de bonnes filles, car ils appelaient le gros tuteur « not'-maître ».

On hachait le peuplier, et je me souviens que chaque coup me répondait dans la tête. Les travailleurs abondaient : la brèche se faisait rapidement.

M. Hédou de Pelhédou se tenait à la portière de la chaise, et parlait à ses tenanciers en brandissant son fameux tromblon. Son énorme visage était éclairé par deux ou trois chandelles de résine.

— J'ai tué l'écuyer de ma nièce et pupille, disait-il : c'est malheureux, mais je ne l'ai pas fait exprès. Je prendrai soin de sa veuve; je la rendrai riche, ou tout au moins je lui servirai une bonne petite pension viagère. D'ailleurs, il fallait frapper un grand coup : Mlle de Bois-le-Roy était en péril. L'espingole a fait mordre la poussière à plus de vingt brigands, ou tout au moins...

— Ventrebleu ! gronda Joson, il n'en est tombé que douze en tout, et j'en ai *cabossé* six ! M. le chevalier a fait le reste.

— Tu seras récompensé, toi, l'homme qui éternue ! lui cria M. de Pelhédou : demande-moi tout ce que voudras, ou tout au moins un écu de six livres.

— Et nous ! et nous ! crièrent les vrais sauveurs, les paysans et paysannes dont le retour avait mis en fuite les malfaiteurs.

— Vous aussi, mes enfants : vous aurez de l'argent blanc en veux-tu en voilà, ou tout au moins chacun une jolie piècette de douze sous, et les femmes six sous, à prendre sur les fermages du jour de la Saint-Jean.

On protesta, mais seulement sur la question du terme; le chiffre en lui-même fut trouvé raisonnable, à condition qu'il fût payé comptant.

— Vous êtes bien heureuse d'avoir tant de courage, disait Hermine à Catiche. Si j'avais osé faire comme vous et me servir des pistolets, peut-être que les brigands auraient fui dès le commencement.

— Chère enfant, chacune de nous est dans son rôle, répondit Catiche sans s'expliquer davantage.

— Sans vous, continua Mlle de Bois-le-Roy, M. le chevalier était un homme mort.

— Le chevalier et moi nous sommes de vieux amis, murmura Catiche en souriant.

Puis elle baissa la voix pour demander :

— S'il vous aimait, l'aimeriez-vous?

— Le voilà qui s'éveille ! dit Hermine précipitamment.

Cela lui évita de répondre; mais un rouge vif avait remplacé la pâleur délicate de ses joues.

Je pressai les deux mains qui tenaient les miennes : celle d'Hermine se retira.

— Vous voilà encore qui n'osez pas ! dit mon amazone d'un ton de reproche.

Elles devaient se connaître autrement que par cette rencontre.

Moi, je ne sais pourquoi ma pensée, qui était encore bien chancelante, s'élança vers le vieux pays, là-bas de l'autre côté de Rennes, de Vannes aussi, et aussi de Lorient : je revis les grands bois de Kéramour et cette large étoile formée par les cinq routes dont trois descendaient à la mer.

Derrière ces deux sourires qui éclairaient et saluaient mon retour à la vie, il y avait un autre visage qui me souriait aussi, mais bien tristement : c'était Vivette, ma pauvre petite cousine, dont les yeux rieurs étaient mouillés, et qui semblait me dire :

— Gaston, est-ce que tu vas déjà m'oublier?

De compte fait, il y avait six morts, y compris le pauvre vieil écuyer, qui avait été mitraillé par derrière et presque à bout portant. Parmi les cadavres se trouvait celui du grand diable qui m'avait tenu sous son épée. La balle du petit fusil de Catiche lui avait fracassé la nuque. Il fut reconnu pour un ancien valet du vicomte de Saint-Pierre, qui s'était établi marchand de bois aux environs.

L'apôtre Saint-Pierre lui-même, et généralement tous les blessés, avaient été enlevés.

Quand l'arbre fut coupé et que la brèche fut faite

praticable, il pouvait être dix heures de nuit. La lune éclairait.

M. Hédou de Pelhédou, du haut de sa portière, remercia noblement les travailleurs et distribua même quelques pièces de menue monnaie. Les deux valets, le postillon et les deux paysans étaient fidèlement revenus après la bataille gagnée.

— Mes enfants, dit M. Hédou, je vous remercie, quoique, en définitive, vous n'ayez fait que votre devoir. Vous vous êtes comportés bravement, ou tout au moins aussi bien qu'on peut l'attendre de pauvres gens de votre espèce. Tout le monde n'est pas bourgeois de Vitré, Dieu merci !

Joson, qui m'aidait à me lever, sur l'ordre de Mlle de Bois-le-Roy, me dit à l'oreille :

— Je n'aime point ce gros pourciau-là, sauf respect, monsieur le chevalier. Il vaudrait cher au prix où était le lard à la foire passée d'Hennebont. Misère ! s'il n'y avait eu que lui, c'est moi qui l'aurais laissé saigner !

J'étais faible à ne pouvoir me tenir sur mes jambes. M. Hédou continuait :

— M. Leker, qui, en son vivant, avait l'honneur d'être l'écuyer de ma nièce, aurait dû se ranger quand j'ai tiré. Le bon sens l'indique. Son malheureux sort vous prouve la bonté de mon espingole; elle m'a coûté, du reste, un prix assez considérable. M. Leker aura des funérailles somptueuses, ou tout au moins convenables pour un homme de sa sorte. Je ne veux rien devoir à personne : tel est mon caractère.

— Oh ! que oui bien ! fit Joson Menou, que je l'aurais laissé carabouillaminer, pour sûr.

— De ce pas, poursuivait toujours le tuteur de « ma fortune », je me rends à Paris pour marier ma nièce et pupille, ou tout au moins pour essayer : car je veux qu'elle ait un tabouret à la cour. Nous descendrons chez monsieur mon cousin par alliance, Terray du Coudray, propre frère de l'abbé Terray, contrôleur général des finances, et j'obtiendrai de lui une diminution de vos tailles...

Ceci eut quelque succès; plusieurs voix crièrent :

— V'là qu'est mignon, not'maître, et c'est de la bonté d'la part de vous !

— Sans compter, continua mon tuteur, que je ferai le nécessaire pour que mon autre cousin, ce scélérat de Saint-Pierre, soit pendu, ou tout au moins décapité, puisque nous autres bourgeois de Vitré nous jouissons des privilèges de noblesse.

— Mon oncle, dit en ce moment Hermine, voilà M. le chevalier de Keramour qui a recouvré ses sens.

— Keramour ! répéta M. Hédou : un nom de bas Breton ! la gale !

— Ventrebleu ! mon gros, interrompit Joson, ne faut point mal parler de la basse Bretagne, si c'est que vous ne voulez pas avoir affaire avec moi !

— A tes souhaits ! à tes souhaits ! l'enrhumé, fit gaiement M. Hédou. Toi, tu tapes encore mieux que tu n'éternues. Veux-tu faire marché pour nous escorter jusqu'à Laval?

— Ouvrez la portière, mon oncle, dit Hermine : M. de Keramour attend.

Et, en vérité, ce n'était pas une prière, ni même une invitation : c'était un ordre.

Pour la seconde fois, le bonhomme répéta mon nom d'un air grondeur; mais il ouvrit la portière. Je pus monter, parce que Joson m'appuyait le dos avec ses deux mains tendues.

L'intérieur de la berline était spacieux; et, quoique

M. Hédou de Pelhédou en occupât les trois quarts, à cause de la qualité fondante de son gras, je trouvai facilement où me caser. Hermine monta derrière moi. Avant de s'asseoir, elle dit :

— Je désire que chacune des métairies de ma terre de Bois-le-Roy fournisse un bon gars à cheval pour m'escorter jusqu'au pont de la rivière de Mayenne.

Vingt voix s'élevèrent aussitôt.

— Moi ! moi ! moi ! criait-on de toutes parts.

— Il n'y a plus d'enfants, grommela M. Hédou de Pelhédou : ça commande comme père et mère.

Il ajouta majestueusement :

— Je ratifie l'ordre donné par mademoiselle ma nièce et chère pupille.

Il se fit un grand mouvement parmi ceux qui se disputaient l'honneur de composer l'escorte. Huit ou dix bons gars s'éloignèrent en courant dans toutes les directions pour chercher des chevaux. Les autres revenants du Mi-Mai, hommes, et femmes, déclarèrent qu'ils resteraient là jusqu'à ce que la garde fût formée.

La lune éclairait maintenant le sombre paysage que j'ai esquissé naguère, et mettait des étincelles dans le ravin où courait l'eau du Vesvron. Je cherchais des yeux Catiche.

— Mme la vicomtesse n'a pas voulu monter avec nous, me dit Hermine, comme si elle eût deviné ma pensée.

— Comment ! comment ! s'écria M. Hédou de Pelhédou : vous vouliez donc m'étouffer, mademoiselle de Bois-le-Roy?

On voyait bien qu'il allait sortir de son caractère.

— Sans la vicomtesse, répliqua doucement Hermine, nous n'aurions pas eu la protection de M. le chevalier de Kéramour.

— Je ne dis pas, fit le bonhomme, que M. de Keramour, puisque Keramour il y a, ne nous ait pas été de quelque utilité. Je lui donnerai la récompense qu'il souhaitera, ou tout au moins mes sincères remerciements. Il a un fier luron pour domestique; mais cette vicomtesse-là...

— Mon oncle, interrompit Hermine, cette vicomtesse-là, s'appelle Catherine Costa. Elle est comédienne, et son talent l'avait faite riche. Votre cousin Hédou de Saint-Pierre l'a volée et trompée. Elle avait accepté le titre de vicomtesse, parce que M. le vicomte lui avait signé une promesse de mariage.

— Ah! soupira le bonhomme, quel coquin! Mon estomac me tire, et je mangerais bien un morceau. Une comédienne! la grêle!

— Ventrebleu! moi aussi! cria de loin Joson, j'en mangerais bien deux morceaux, avec une bouteille sur le pouce!

— Catherine Costa, poursuivit Hermine, m'a dit elle-même que la diversité de nos positions dans le monde nous défendrait de nous voir à Paris; mais à un cœur comme le sien il n'y a qu'une manière de témoigner sa reconnaissance. Je compte la chercher...

— Pas de folie! dit le gros tuteur avec impétuosité. Vous êtes mineure, vous ne disposez de rien... Pendant que je me soulève, tâche de prendre le pâté dans le coffre, ma belle, et ne secoue pas le vin. Ces comédiennes prennent de toute main!

— Vous ne m'avez pas laissé achever, mon oncle. Je dispose du moins de mon amitié. C'est tout ce qu'elle voudra accepter de moi, et je la lui donne.

Par un mouvement dont je ne fus pas le maître, je cherchai sa main. Elle ne la retira pas, au contraire; elle me dit sans fausse honte ni mystère :

— Pour vous aussi, monsieur le chevalier, j'ai beaucoup de reconnaissance. Je vous parlerai en particulier, quand vous serez en état de m'entendre.

— Ah çà ! ah çà ! protesta le bonhomme ; en particulier ! comme vous y allez ! Prends donc le pâté pendant que je suis soulevé.

Mlle de Bois-le-Roy se prêta à son désir : elle retira du coffre un panier de provisions ; et, tout aussitôt après, M. Hédou de Pelhédou retomba d'un tel poids, que le carrosse roula comme un navire que la lame ballotte.

— J'ai bien gagné un peu de nourriture, dit-il. Quant à la comédienne, vous ferez, ma mie, ce que votre tuteur vous commandera, et M. le chevalier prendrait une triste idée des demoiselles de Vitré... Voyons, jeune homme, un verre de clairet pour vous réchauffer le cœur !

— Ça n'est point de refus, répondit Joson, qui mit la tête à la portière, et le restant de la bouteille pour moi, avec du pain et de la viande, si c'est un effet de vot' politesse.

(Lire la suite dans La Bague de Chanvre.)

TABLE

CHARTRES. — IMP. FÉLIX LAINÉ. 236.2.25